배웅불

배웅불

다카하시 히로키 지음 | 손정임 옮김

책넘

차 례

일러두기

옮긴이 주는 괄호 안에 '옮긴이'를 함께 넣어 표기하였습니다.

난간 너머로 강을 따라 전신주에서 전신주로 죽 매달린 등롱이 보이자, 아키라(晃)가 말하던 '풍습'이 떠올라 걸음을 멈췄다. 강에 불을 흘려보내는 풍습은 말하자면 유등 띄우기 비슷한 걸까, 예전에 다른 지방에서 유등 축제를 본 적이 있다. 육각 등롱을 실은 작은 배가 표류하듯 강을 흘러갔다. 등롱은 100개 남짓했는데, 등불이 수면에도 비쳐서 어두운 밤에는 실제 숫자보다 더 많은 빛이 있었다. 어떨 때는 수면에 비친 등롱이 실제 등불보다 더 선명하게 보이기조차 했다. 해가 지고 나면 이 난간 너머 저

강 위로 많은 등롱이 흘러가겠지, 그러다가 이윽고 등롱은 새벽 바다에 도달하겠지, 그런 광경을 그려보니 머리를 뜨겁게 내리쬐는 햇빛이 조금 누그러지는 듯한 기분이 들었다.

"야, 도시 따라지. 왜 그러고 멍하니 있어."

작업복을 입은 남자가 등 떠밀며 재촉하자 아유무(歩)는 다리를 건넜다. 작업복 차림의 남자가 앞장서고, 친구 세 명이 그 뒤를 따르고 아유무가 맨 뒤에서 걸었다. 왼쪽에는 산비탈의 숲이 이어지고, 오른쪽에는 마른 밭이 펼쳐진다. 밭두렁에는 캐낸 감자가 흙 위에 한 줄로 죽 놓여 있었다. 감자 표면에 묻은 흙도 이미 하얗게 말라 모래가 되어 있었다. 눈꺼풀에 떨어지려는 땀을 손등으로 닦지만, 다음 땀이 눈에 들어가 따갑다. 눈꺼풀을 비비고 겨우 눈을 뜨니, 길가 사당의 동판 지붕에 반사된 햇빛에 눈이 시렸다.

그 간소한 사당은 붉은 턱받이를 한 지장보살을 모시고 있었다. 신단에는 여름 밀감이 두 개 놓여 있었다. 오곡 풍작을 빈 것일까, 그러나 그 주변은 마을이 나뉘는 사거리인 걸로 보아 도조신(道祖神, 길 가는 사람을 수호하는 신-옮긴이)에게 빈 것인지도 모른다. 남자는 그 사거리에서 길을 돌아 산기슭의 검은 숲으로 갔다. 그 즈음에는 이미 뒤쪽에서 들리던 강물 소리도 그쳐 있었다.

1

아유무가 이 지방에 왔을 무렵은 이른 아침에는 아직 서리가 내리는 초봄이었다. 종합상사에 다니는 아빠가 전근을 자주 다녀서, 아유무네 가족은 일본 열도를 북상하듯이 여러 번 이사를 다녔다. 그리고 도쿄에서 1년 반 정도 살았을 때 다시 전근 발령이 났다. 이번에는 한참 북쪽 지방인 히라카와(平川)에서 근무하게 되었다고 했다. 아유무는 그 지명을 듣고 고개를 갸우뚱했다. 지리 과목을 잘하는데도 지금껏 들어본 적이 없었다. 쓰가루(津輕) 지방의 읍과 면 몇 개가 합병해서 새로 생긴 시라고 한다.

아빠의 직책을 생각하면 다음에는 도쿄에 있는 본사에서 관리직으로 근무할 가능성이 높다. 그 회사는 관리직으로 승진하기 전에 벽지에 부임을 하는 것이 관례라고 한다. 아빠 혼자 부임해서 지낼 수도 있었지만, 결국 가족 모두 이 지방으로 이사를 왔다. 친가 쪽 친척이 히라카와에서 그리 멀지 않은 곳에 빈집을 소유하고 있었던 것이다. 부모님은 단독주택에 대한 로망이 있었다. 아유무는 2층에 있는 제 방과 잔디밭이 있는 마당을 동경했었다. 그 친척은 전화로 아빠에게 이렇게 말했다고 한다.

"사람이 안 살면 집이 금방 못쓰게 돼. 그러니 꼭 거기서 지내줬으면 좋겠어. 돌아가신 아버지와 어머니도 기뻐하실 거야."

히라카와에서 북쪽으로 좀 더 가서, 산간에 자리한 마을 동쪽 고지대에 집이 있었다. 불투명한 간유리로 된 현관 미닫이문을 열자 차가운 나무 냄새가 났다. 3평 정도 되는 다다미방이 세 개 이어져 있고, 그 세 번째 방 옆에 위패를 모시는 방이 있다. 그 방을 위패를 모시는 방이라고 생각한 것은 모퉁이 다다미 한 장이 딱 불단 형태로 빛이 바래 있었기 때문이다. 2층도 넓이가 거의 비슷했다. 세 식구가 살기에는 다소 넓은 집이었다. 2층 동쪽 방이 아유무의 방이 되었다. 햇볕이 잘 들어서 지내기 좋겠다며 엄마가 정해주었다. 이사 온 다음 날, 그 방에 책상, 슬라이드식 책장, 연갈색 벙커 침대 같은 것들을 이삿짐 운송업체에서 들여왔다. 타인의 방에 자기가 쓰던 익숙한 가구가 차례로 놓인다. 몇 주가 지나면 가구가 방에 융화되고, 그러면 이곳이 진짜 자기 방이 될 거라고 생각했다.

아빠는 한발 앞서, 이 지방으로 이사를 했다. 학년이 바뀌는 시기에 전학하는 게 아유무한테는 나을 거라면서, 한 달 정도 먼저 이사를 와서 혼자 지냈던 것이다. 아빠를 따라 내리막 끝자락의 강가에 있는 대중목욕탕을 찾았다. 걸어서 5분 거리인데 목욕비도 쌌다. 목욕탕에 직원은 안 보이고, 입구에 '목욕비 100엔'이라 적힌 나무 상자가 놓여 있었다. 아빠가 그 나무 상자에 100엔짜리 동전을 두 개 넣자, 상자 속에서 동전 소리가 울렸다. 수건을 한 손에 들고 불투명한 유리문을 여니 김이 서린 욕탕에는 다른 손님이 두 명 있었다. 아유무와 또래로 보이는 소년 한 명과 다섯 살 정도 되어 보이는 남자아이 한 명이었다. 아유무와 아빠가 욕탕에 들어가자 소년은 배려를 해서인지 탕에서 일어났다. 조금 늦게, 남자아이도 소년을 따라가듯 욕탕에서 나갔다.

목욕탕에서 돌아오는 길에 아유무는 커피우유를 마시면서 달아오른 얼굴로 강을 바라보았다. 아빠는 옆에서 똑같이 달아오른 얼굴로 과일맛 우유를 마시고 있었다. 강변은 철책으로 가로막혀 있고 철책 너머로는 5미터 정도의 호안벽이 있었다. 강은 그 호안 바닥 위로 흐른다. 건너편 둑은 가파른 산비탈과 이어져서 계곡 바닥을 흐르는 강처럼 보이기도 했다. 산의 낙엽수는 헐벗은 가지에 연둣빛 잎사귀가 조금 돋았을 뿐 아직 빈 곳이 많았다. 여름이 되면 이 산에는 녹음이 짙게 깔릴 것이다.

강물 위로 거대한 암석이 여기저기 머리를 내밀고 있었다. 암석 주위에서 물은 흐르기도 하고 정체되기도 했다. 물소리는 거기에서 들려오고 있다. 아유무는 문득, 아까 욕탕에서 본 소년을 떠올렸다. 그 아이가 중학교 3학년이라면, 며칠 후 학교에서 얼굴이 마주치게 될 것이다.

"아빠는 이제 직장에 새 친구가 생겼어요?"

아유무가 묻자, 아빠는 쿡쿡 웃으며 대답했다.

"어른들 사이는 말이다, 친구가 되고 말고 그런 게 아니란다."

"그러면 쓸쓸하지 않아요?"

그러자 이번에는 난처한 미소를 지은 후에 고개를 갸웃했다. 가끔 엄마가 하는 몸짓과 닮았다. 아빠는 과일맛 우유를 단숨에 마신 후에 말했다.

"너도 새 학교에 얼른 적응하면 좋겠다."

아유무에게 이번 학교는 세 번째 중학교였다.

개학식 날 아침, 아유무는 알람이 울리기 한 시간 전에 눈이 떠졌다. 다시 머리를 베개 위에 올려보지만 잠이 다 깨어버렸다. 어쩔 수 없이 외투를 걸치고 정원을 산책했다. 늘 갖고 싶던 2층 방은 갖게 되었다. 하지만 잔디가 깔린 마당은 없었다. 대신에 서쪽 통나무 계단을 올라가면 그 끝에는 밭 터가 펼쳐져 있었다. 벌써 몇 년이나 경작을 하지 않았는지 고랑도 이랑도 없다. 들판에는 드문

드문 녹색 들풀이 자라고, 드문드문 갈색으로 뭉개진 낙엽이 남아 있는데, 그 모든 곳에 똑같이 서리가 내려 있었다. 하얀 입김을 토하면서 그 융단 무늬의 들판을 걸었다. 중간에 유채꽃을 닮은 노란 꽃무리를 발견했다. 그런데 다가가 보니 유채꽃하고는 확실히 잎 모양이 다르다. 손바닥 정도 되는 커다란 잎이 방사상으로 늘어지고, 줄기 밑동에서는 흙 위로 하얗고 동그란 것이 머리를 내밀고 있다. 아무래도 순무 꽃인 것 같다. 밭 주인이 저세상에 간 후에도 거기서 자생하고 있는 것이다.

순무 꽃 너머로 마을 일대가 한눈에 내다보였다. 전방에 해발 500미터 정도의 검은 산이 솟아 있고, 그 산기슭에는 남서 방향으로 강이 흐른다. 목욕탕 갔다가 돌아오는 길에 아빠와 봤던 강이다. 그 강변에 50가구 정도가 흩어져 있다. 산 속에 낀 아침 안개 속으로 기와지붕의 민가, 뾰족지붕의 목욕탕, 함석지붕의 연료가게, 반파된 헛간, 파란 천막을 씌운 오두막, 골조만 남은 비닐하우스, 용도 불명의 굴뚝, 삼나무에 볼트를 박은 전신주, 폐교가 된 학교 건물 같은 것들이 어슴푸레하게 떠오른다. 안개 속에서 닭 울음소리가 들려온다. 동쪽 능선에서 황금빛 아침 해가 떠올라 마을 일대를 구석구석 비추기 시작한다. 그러자 안개가 점차 걷힌다. 새벽 어둠이 걷히고, 햇빛이 만든 뚜렷한 그림자가 굴뚝과 전신주에서 길게 뻗는다.

햇빛 탓인지 돌아다닌 탓인지 더워져서 아유무는 외투 단추를 풀었다. 심호흡을 하니 투명하고 차가운 공기가 콧속으로 들어온다. 이 공기 속에서는 벼도 채소도 과일도 동물도 새도 곤충도 건강하게 자랄 것 같았다. 아유무는 아침 햇살을 받아 눈부신 은빛 서리를 서걱서걱 밟으며 밭 터에서 나왔다. 그때 부엌의 간유리 너머로 불빛이 켜져 있는 것을 보았다. 환풍기 셔터가 열려 있다. 엄마가 아침식사 준비를 시작한 모양이다.

개학식 후에 열린 학급회의에서 아유무는 아이들 앞에 섰다. 담임인 무로야(室谷)라는 남자 선생님이 칠판에 아유무의 이름을 쓰고 뻔한 소개를 했다. 이 지역은 전학생이 드물어서 아이들은 호기심 어린 눈으로 아유무를 바라보았다. 교실에는 열두 명의 남녀 학생들이 앉아 있었고 그들이 이 중학교에 재학 중인 3학년 전체였다. 학급회의가 끝난 후, 한 소년이 쉬는 시간에 아유무에게 말을 걸었다. 지난번 공중목욕탕에서 본 얼굴이었다. 길쭉한 외까풀 눈, 모양 좋은 콧대, 얇은 입술…… 교복을 입고 머리를 정돈하니 상당히 어른스러워 보였다. 알고 보니 그 아이는 짐작으로 내가 소문으로 들었던 전학생이라는 것을 알았었다고 했다.

그때 담임 선생님이 출석부를 겨드랑이에 끼운 채 다가와서, 어이구 벌써 친구가 생겼느냐며 싱글거리며 말했다. 소년이 앞뒤 사정을 설명한다. 그러고 보니 아키라와 아유무가 집이 같은 동네더구나, 그럼 아키라가 학교 안을 안내해줘라. 그 말을 남기고 담임 선생님은 교실을 나갔다. 두 아이는 얼굴을 마주 보았다. 아키라는 사투리 억양으로 안내를 해주겠다고 하며 아유무를 교실에서 데리고 나왔다. 아키라는 거의 초면인 아유무에게 일부러 장난을 치지도 않고, 예의상 웃음을 짓지도 않았다.

그렇다고 무뚝뚝하지도 않았고 그냥 해야 할 말을 했다. 아키라가 학급의 중심인물이라는 것을 직감했다. 여러 번 전학을 다녀서인지 아유무는 학급의 권력관계를 잘 파악했다.

시립 제3중학교에는 2층짜리 목조 건물 두 동이 있는데, 교정에 가까운 건물을 신관, 뒷마당에 가까운 건물을 구관이라고 불렀다. 신관 1층에는 남쪽부터 차례대로 인쇄실, 행정실, 회의실, 교무실이 이어진다. 교무실 앞의 벽에는 예전 졸업생의 단체 사진이 걸려 있다. 1979년 졸업생 일동이라고 적힌 그 흑백 사진에는 교복을 입은 학생들이 50명 정도 찍혀 있었다. 남학생들은 모두 머리를 밀었다. 아키라는 사진 속에서 검은 테 안경을 쓰고 굳은 표정을 짓고 있는 소년을 가리키며, 이게 자기 아빠라고 자기하고 많이 닮지 않았느냐며 웃고는 코 밑을 문질렀다.

교무실 앞 복도 모퉁이를 도니 구관으로 이어지는 연결 복도가 나왔다. 신관은 리놀륨 소재의 바닥이었는데, 구관은 마룻바닥이었다. 걸음을 걸을 때마다 바닥 널빤지가 낮게 삐걱거렸다. 교실마다 책상이 구석으로 치워져 있었다. 완전히 텅텅 빈 교실도 있다. 바닥에는 먼지가 얇게 쌓여 있고 창문에서 햇빛이 비쳐들어 뿌옇게 보인다. 복도 벽에 걸린 게시판에 게시물은 없고 압정 구멍 자국만 수 없이 남아 있었다. 식수대도 사용하지 않아 녹슨 수도꼭지에 비누 망만 매달려 있다. 제3중학교는 다가오는 봄에 폐교가 되어, 시내에 있는 학교와 통합하기로 결정되어 있었다. 즉 두 사람은 이 학교의 마지막 졸업생이 될 것이다. 복도 중간에서 아키라가 돌아보며 물었다.

"도쿄는 어떤 데냐?"

"어떤 데냐니?"

"나는 태어나서부터 줄곧 여기에 살아서 도쿄에 대한 환상이 있거든."

아유무는 도쿄에서 살았던 1년 반을 떠올려본다. 세 식구가 살던 집은 주오선 전철 부근에 지어진 수백 세대가 넘는 고층 아파트였다. 아유무가 다녔던 구립중학교는 그 아파트에서 걸어서 10분 거리에 있었다. 학교 건물은 5층짜리 철조 건물이었고, 가장자리를 철조망으로 막은 인공 잔디 교정이 있었다. 아파트도 그렇고 학교도 그렇고, 모든 건물이 좁은 공간에 조밀하게 밀집되어 있었다. 처음에는 도쿄 생활에 갈피를 못 잡았지만 살다 보니 몇 주 만에 익숙해졌다. 가게가 많고 물자가 풍부하고 교통편도 좋고, 공원 놀이터도 잘 정비되어 있었다.

아유무가 2학기 중간에 전학을 갔더니 학급에는 이미 몇 개의 작은 또래 집단이 형성되어 있었다. 그러나 아유무는 집단에 녹아드는 것에 능숙했다. 학급 안 중위 그룹의 한 아이와 친해지고, 그 아이를 기점으로 다른 학생과도 친해지고, 깨닫고 보면 집단 속에 속해 있었다. 그렇게 해서 아유무는 도쿄에도 학급에도 점차 융화되어 갔다. 다시 아빠의 전근 발령이 나고 먼 곳으로 이사한다는 이야기가 나왔을 때, 특별히 반대하지는 않았다. 그래도 학교 친구들과 헤어지는 게 서운하지? 아유무에게 마음이 쓰여 그렇게 묻는 엄마에게 아유무 역시 엄마를 배려해서 대답했었다. 서운하지 않아요, 새 학교에서도 친구는 만들 수 있으니까.

"별로 여기랑 다르지 않아."

"어떻게 다르지가 않겠냐. 텔레비전에 나오는 도쿄는 꿈의 도시였다고."

"꿈의 도시라니, 어떤 도시를 상상하는 거야?"

"고층 빌딩이 늘어서 있고 네온사인이 휘황찬란한 거리

를 젊은 남녀가 머플러를 휘날리며 웃으면서 걷는 거."

아키라가 상상하는 도쿄가 재방송으로 틀어주는 90년대 드라마 같아서 아유무는 쓴웃음을 지었다. 그러자 아키라는 조금 쑥스럽게 웃으며 말했다.

"왜? 촌놈이라고 무시하는 거냐?"

"그런 거 아니야."

그때 쉬는 시간이 끝났음을 알리는 소리가 구관에 울려 퍼졌다. 아유무와 아키라는 서둘러 교실로 뛰어갔다. 연결복도를 지날 때 햇볕을 잘 받은 발판에서 건조한 소리가 울렸다.

두 사람 몫의 발소리였다. 아유무는 중첩되는 그 가벼운 소리를 들으면서, 이 중학교에서의 새로운 생활에 드디어 기대감을 가질 수 있었다.

아키라가 과거에 일으킨 폭행 사건을 알게 된 것은 그 다음 날이었다.

수업이 끝나고 집에 갈 준비를 하는데, 이야기를 나눈 적도 없던 여자아이 무리가 아유무 곁으로 다가오더니 아키라가 했던 일을 아는지 물었다. 아유무는 고개를 갸웃했다. 그러자 여자아이들은 눈을 반짝이며 이야기를 시작했다. 중학교 2학년 7월에 아키라는 기술가정 수업에서 사용한 사방 10센티미터 크기의 철망으로 친구의 머리를 내리쳤다. 맞은 아이는 바로 구급차에 실려갔고 목숨에 이상은 없었지만, 일곱 바늘을 꿰매는 부상을 입었다. 담임 교사와 아키라와 아키라네 엄마가 피해자 집에 사과를 하러 갔고, 그럭저럭 사태가 커지지는 않았다. 학교 측도 폐교가 되기 전에 성가신 일을 만들기 싫어했다. 시교육위원회에도 경찰에도 보고가 되지 않았다. 여자아이들은 입을 모아 그런 이야기를 해주었다.

"아키라가 왜 폭행을 했는데?"

"걔가 글쎄, 중2가 되더니 갑자기 태도가 불량해져서 자주 미노루한테 폭력을 휘둘렀어. 무로야 선생님이 많이 혼냈어. 그런데 여름 방학이 시작되기 전에 결국 일이 터진 거지."

다음 날, 아유무는 티를 내지 않고 미노루(稔)라는 소년을 관찰하게 되었다. 약간 통통하고 군인처럼 머리를 짧게 자른 아이로, 여덟 팔자 눈썹이 심약해 보이는 인상을 주었다. 그 아이의 이마에는 꿰맨 자국으로 보이는 하얀 흉터가 머리 밑을 향해 비스듬히 뻗어 있었다.

전학 온 지 일주일이 지났을 무렵이었다. 방과 후에 학교 건물 뒤편 자전거 주차장에서 나와 자전거를 밀며 국도로 향하는 도중에, 구관 앞에서 둥글게 모여 있는 학생들의 모습을 발견했다. 모여 있는 아이들 중 하나가 고개를 들어 아유무 쪽을 보았다. 아키라였다. 아키라가 손짓으로 불러서, 아유무는 자전거를 돌려 학교 부지로 되돌아갔다.

그곳은 뒤쪽에 구관, 전방에 급식 준비실, 오른쪽에 연결복도, 왼쪽에 철망이 있어, 사방이 가로막힌 교실 하나 정도 되는 공간이었다. 지면은 아스팔트와 콘크리트로 포장되어 있었다. 연결복도 쪽에 도구 수납창고와 식수대가 있을 뿐, 다른 것은 아무것도 없었다. 방과 후에는 사람들이 거의 오지 않아 학생들이 아지트로 쓰는 모양이었다. 아키라가 있는 곳으로 다가가 보니, 원 가운데에 일본 전통 무늬 카드가 깔려 있었다. 아이들 중에는 같은 학년인 후지마(藤間)와 곤노(近野), 우치다(內田)의 모습이 있고, 그리고 놀랍게도 미노루의 모습도 보였다.

"내기를 하고 있었어. 아유무 너도 구경해, 관객이 있어야 더 재미있으니까."

검은 패를 뒤집자 소나무와 학, 매화와 꾀꼬리 같은 그림이 나타난다. 그것은 화투가 맞기는 한데, 전혀 본 적이 없는 '연꽃과 참새' 같은 그림도 있었다. 이 지방 특유의 화투 놀이인가 보다.

그 화투를 사용해 '참새잡기'(燕雀, 엔자쿠로 발음하고 제비와 참새를 뜻하며, 배짱이 없는 사람, 그릇이 작은 사람이라는 뜻도 있다-옮긴이)라는 게임을 하고 있었다. 아키라가 패를 나누어주면서 간단하게 규칙을 설명한다. 아키라가 선을 잡고 각자에게 패를 두 장씩 돌려서, 패의 월수를 합한 숫자가 13에 가까운 사람이 이긴다. 패는 한 장까지 추가할 수 있지만 13이 넘으면 망통이 되어 실격이 된다. 패의 조합에 따라서는 좋은 족보가 맞춰지기도 한다. 연꽃은 13월을 의미한다.

“13월이 있어?”

“그러니까 원래 화투보다 네 장이 늘어나서, 총 패가 52장인 셈이지.”

참새잡기는 미노루가 13월을 뽑아 망통이 되었다. 아이들한테서 환호가 일어난다. 패가 최소 두 장이니, 한 장이라도 13월을 뽑게 되면 실격을 피할 수 없을 것이다. 아유무는 뭐가 걸린 게임인지 물어보았다.

“누가 도둑질을 할 건지, 참새잡기로 정하고 있었어.”

시내에서 이웃 마을의 중학교 남학생들 무리가 고등학생 무리와 얽혀서 폭행을 당했다. 한 사람은 맞아서 코뼈가 부러졌다. 그 지역은 이 반 아이들도 가끔 놀러 가는 곳이다. 그런데 상대방이 고등학생이라 신체적으로 상대가 안 된다. 호신용 무기가 필요하다. 모두 돈을 모아서 아웃도어용품점에 칼을 사러 갔는데, 점원이 꼬치꼬치 물어보고 나서는 결국 중학생한테는 판매할 수 없다고 거절을 했다. 그러면 훔치자. 누가 훔칠 것인가. 화투로 정하자. 이렇게 된 얘기라고 한다.

“아유무 너도 같이 가자. 관객이 있는 게 재미있으니까.”

아유무는 거절을 못 해서, 자전거로 30분이 걸리는 시내로 갔다. 아웃도어용품점은 시내 외곽에 있는 2층 건물이었는데, 가게 앞에는 캠핑용 텐트와 바비큐 그릴 같은 것을 팔고 있었다. 후지마가 혼자서 가게 안으로 들어가, 지난번과 다른 점원이 가게를 보고 있는 걸 확인한다. 그리고 이쪽으로 눈짓을 한다. 그러자 미노루는 그 팔자 눈썹을 모으고 당혹스러운 미소를 지었지만, 그래도 싫다고 하지 못한 채 가게 안으로 들어갔다. 아키라와 아유무와 곤노와 우치다는 자전거에 탄 채로, 두 친구가 돌아오기를 기다렸다. 후지마라는 은테 안경을 쓴 키 큰 아이가 이 무리의 2인자일 것이라는 생각이 들었다. 곤노는 비교적 체격이 좋은데 변성기인지 목소리가 자주 뒤집혔고 그래서인지 발언에 자신감이 느껴지지 않는다. 우치다는 말수가 많은데 키가 작고 말랐다.

갑자기 가게 앞에서 성인 남자가 나타난다. 아유무는 무심코 페달에 한쪽 발을 올렸다. 오른손에 비닐 쇼핑백을 들고 있는 것을 보니 점원이 아니라 손님 같다. 여차하면 즉시 도망쳐야 한다. 자신은 지금 명백한 범죄에 관여

하고 있다. 그것은 아유무 인생에서 한 번도 없었던 일이었다. 5분이 지났을 무렵, 교복 차림의 두 소년이 천천히 가게에서 나왔다. 미노루의 교복 주머니는 부자연스러운 형태로 부풀어 있다. 후지마는 입술 사이로 혀를 내밀며, 엄지와 검지로 작은 동그라미를 만들었다.

다시 자전거로 달려 구관 앞마당으로 돌아오자, 전리품 공개식이 열렸다. 아키라가 칼의 손잡이를 쥐고, 엄지손가락으로 날을 눌러 꺼내면서 손목에 스냅을 준다. 차가운 금속음이 울리는 동시에 날이 고정된다. 칼 길이는 10센티미터 가까이 될까, 아키라가 그 칼로 종이팩을 옆으로 자른다. 팩은 두부라도 되는 듯이 매끄럽게 잘려나갔다. 칼은 시계 방향으로 손에서 손으로 넘겨져 이윽고 아유무에게 넘어왔다. 아키라와 마찬가지로, 엄지손가락으로 날을 눌러 꺼내고 손목에 스냅을 준다. 칼끝은 재빨리 반원을 그리더니 역시 금속음을 울리며 칼이 고정되었다. 그 차가운 울림과 대조적으로, 가슴속에서는 달콤한 미열이 느껴졌다.

전리품을 누가 소유할지 정하자며, 다시 화투가 무리의

한가운데 깔린다. 아유무도 무리에 섞여 있었기 때문에 아유무의 손에도 패가 쥐어졌다. 감과 운으로 승패가 거의 결정되는 게임이라 기술은 필요 없다. 아유무가 자신의 패를 뒤집자, 한 장은 13월의 연꽃이고 한 장은 11월의 버들이었다. 합계 24로 완전히 망통이라서 아유무는 가식적으로 낙담한 기색을 보였다. 그런데 아이들한테서 환호가 일었다.

"대왕참새다! 대왕참새!"

연꽃과 참새가 있는 패와 버들 피가 나오면, 높은 족보가 된다고 한다. 결국, 그 판에 더 높은 족보가 나오지 않아 아유무가 승자가 되었다. 아키라가 아쉬워하면서도 아유무에게 칼을 건넨다. 손바닥에 들어오는 그 칼은 아까보다도 무게가 늘어난 느낌이 들었다.

그날 저녁식사 때, 아빠는 병맥주 뚜껑을 따더니 취한 것도 아니면서 우리 아유무 새 학교에서 잘하고 있느냐고 농담 같은 말투로 물었다. 정시에는 퇴근할 수 있는 모양인지 도쿄에 있을 때보다 아빠의 귀가가 일러져서 가족끼리 저녁을 함께 먹는 날이 늘었다. 새 친구도 생겼고, 담임 선생님도 친절하고 괜찮다고 아유무는 대답했다. 엄마는 전기밥솥에서 죽순밥을 뜨면서, 아유무는 예전부터 사교성이 좋다며 쓴웃음을 지었다. 엄마는 사람을 잘 못 사귀었다. 어느 지방에서도 이웃 친구를 사귀지 못하고, 도쿄에서는 조금 따돌림도 당했다. 이름이 적힌 쓰레기봉투가 찢어져서, 내용물이 쓰레기 하치장 앞에 흩어져 있었다고 한다. 열쇠가 달린 수거함이니 까마귀들이 한 짓은 아니다.

엄마가 테이블에 저녁을 차린다. 타원형의 오크 테이블은 도쿄의 아파트 거실에서도 사용하던 것이었다.

오래 써서 익숙한 테이블이지만, 이 이층집 다다미방 안에서는 튀어 보였다. 아유무 방의 책상과 마찬가지로 아유무에게는 익숙하지만 집과는 어울리지 않았다. 그러고 보니 식탁에 놓인 게살크림고로케도 어니언샐러드도 달걀국도 어딘지 모르게 튀어 보인다. 대화가 끊어졌을 때 찍찍거리는 일정한 잡음이 울리고 있는 것을 알아차린다. 엄마는 머리 위의 형광등을 쳐다보았지만, 소리는 등 뒤의 회벽을 타고 이동한다. 그 벽 뒤를 기어가는 문밖의 벌레 울음소리 같았다.

아빠는 병맥주를 반쯤 비울 즈음에, 다음이 마지막 이사가 될 거라고, 이번에는 농담기 없이 명료한 어조로 말했다. 관리직으로 본사에 들어가면 먼 곳으로 전근하는 일은 없어질 거다. 사이타마(埼玉) 교외에 이층집을 사서 그리로 이사하자. 아유무도 고등학생이 되면 전학을 하기 힘들 테니까. 부모는 유소년기부터 계속 전학을 다니게 한 것에 대해, 부모로서 미안함을 느끼고 있는지도 모른다. 별로 야단치는 일도 없고, 어느 정도 응석도 받아준다. 아유무가 조르면 일부러 시내에 장을 보러 나가서 좋아하는 게살크림고로케도 만들어준다. 아유무는 아유무 나름대로, 그런 부모의 행동에 사실은 안락함을 느끼고 있었다. 아유무는 아빠가 말한 사이타마 교외의 집을 상상해 보았다. 그 이층집에는 2층 방과 잔디 마당이 있을지도 모른다.

식사를 마치고 제 방으로 돌아오자 아유무는 책가방에서 접이식 칼을 꺼내 책상 서랍 깊숙이 넣었다. 자신이 그 차가운 금속음을 듣는 일도, 가슴속에 미열을 느끼는 일도, 두 번 다시 없을 것이다.

아유무는 화투 사건을 계기로 학급에 녹아들었다. 도둑질하는 모습에 그 아이들이 자신이 지금까지 접한 적이 없던 문제아가 아닐까 걱정했지만, 며칠이 지나는 사이에 그것이 오해라는 것을 알게 되었다. 쉬는 시간에는 교실에서 이야기를 나누고, 급식을 먹은 후에는 운동장에서 공을 차고, 방과 후에는 잠깐 화투를 친다. 다른 학교 학생과 다르지 않은 평범한 중학생들이었다. 호신용이라는 명목으로 훔친 칼이었지만, 그 후에 아무도 그 이야기를 꺼내지 않았다. 칼이 필요했다기보다 도둑질이라는 행위를 해보고 싶었는지도 모른다. 어찌 생각하면 열다섯 살 소년이라면 호기심으로 도둑질 정도는 하는 것일지도 모른다.

이 무렵이 되자, 겨울의 흔적은 점차 마을에서 사라져 갔다. 이른 아침에 서리가 내리는 날도 줄었다. 대신에 공기 속에 봄 향기가 섞인다. 도쿄에 비해 봄이 한 달가량 늦게 오는 것 같았다. 실제로 교정의 벚꽃도 드디어 연분

홍색 봉우리를 틔우려고 하고 있었다. 어느 날 학교에서 돌아오는 길에, 아유무는 맑은 하늘에서 천천히 하얀 먼지가 춤추며 내려오는 것을 보았다. 그 먼지는 손바닥에서 녹더니 차가운 물이 되었다. 이 지역에서는 4월에 눈이 내리는 일이 흔하다고 듣기는 했지만, 맑은 날에 눈이 내리기도 하는 걸까. 하늘을 쳐다보니, 눈은 강 너머의 북서쪽 산으로부터 흘러오듯이 마을로 내리고 있었다. 초등학생 아이들이 길가에서 하늘을 쳐다보며 바람이 피었네, 바람이 피었네 하며 떠들고 있었다. 아유무는 아이들을 곁눈으로 보면서, 아이들이 아직 어휘력이 부족한 것이 귀엽다고 생각했다. 그러나 집으로 이어지는 언덕길을 올라갈 무렵이 되자 맑은 하늘의 하얀 눈 조각이 꽃잎으로 보이고, 바람이 피었다는 것은 완전히 틀린 말도 아니라는 느낌이 들었다.

이 언덕길 기슭에 띠지붕을 올린 민가가 한 채 있었다. 띠지붕집은 사회 교과서에서 말고는 본 적이 없다. 띠지붕에는 얼룩덜룩하게 푸른 이끼가 번식하고 있어서, 오후 햇빛을 받아 눈부신 연두색으로 물들어 있었다. 두세 개의 눈송이가 그 푸른 이끼에 떨어져 스며 들어간다. 지금 사는 집이 그랬던 것처럼, 벌써 몇 년이나 빈집인 걸까. 그런데 민가 현관에서 허리가 굽은 할머니가 스윽 나타나서 깜짝 놀랐다. 할머니는 피부가 흰 낯선 소년을 보고는 발길을 멈췄다. 오른손에 무, 왼손에 낫을 든 채로 가만히 아유무를 응시하고 있다. 아유무는 인사하는 것도 잊고 허둥지둥 비탈길을 올라오고 말았다.

교정의 벚꽃이 하나둘씩 피기 시작할 무렵, 학급에서는 3학기 학급임원 선출 회의가 열렸다. 아유무는 지금까지 그랬던 것처럼, 도서부장이나 미화부장을 할 생각이었다. 처음에 학급 회장 입후보자 지원을 받았지만 아무도 손을 들지 않는다. 무로야 선생님의 제안으로 회의를 통해 회장을 결정하게 되었다. 2학년 때는 회장도 부회장도 모두 여자가 담당했으니까, 3학년 때는 남자가 해야 한다고 여자아이들이 주장했다. 회의는 남학생 여섯 명 중에서 누구를 회장으로 정할 것인가 하는 방향으로 흘러간다. 중간에 다시 회장을 하고 싶은 사람은 없는지 물어보았지만 역시 손을 드는 사람이 없었다. 후지마가 그러면 사다리 타기로 정하자고 했다가, 운에 맡기지 말고 의논을 해서 정하라고 담임 선생님에게 질책을 받는다.

아유무에게는 이러한 대화가 완전히 무의미해 보였다. 남학생 여섯 명 중에서 리더를 정하는 거라면, 아키라 말고는 생각할 수 없다. 그리고 실상 누구나 그 사실을 알고 있다. 회의를 처음부터 끝까지 보고 있던 아유무에게도 어떻게 생각하느냐는 질문이 돌아왔다. 그래서 할 수 없이 모두가 생각하고 있는 것을 대변했다.

"나는 아키라가 회장을 해야 한다고 생각하는데."

"왜 그렇게 생각하냐?"

아키라가 즉각 날카로운 어조로 묻자, 아유무는 당혹스러웠지만 자기 생각을 말했다.

"우리 여섯 명이 뭔가를 할 때, 네가 항상 솔선해서 정하고 행동으로 옮기잖아. 그런 일을 학급에서 하면 되는 거고, 뒤집어서 생각하면 그런 일은 너밖에 못하니까."

아키라는 그 말을 듣더니 평소와 달리 당황한 모습으로 아유무한테서 시선을 피하고 약간 붉어진 뺨을 손바닥으로 쓸었다. 그러는데 담임 선생님이 다가왔다.

"어떠냐? 도쿄에서 온 새 친구도 너를 추천하는데, 회장을 해보는 게 어떻겠니."

그러자 아키라도 마침내 체념한 모습으로, 그러면 제가 회장이 되어보겠습니다 하며 후보자로 나섰다. 아이들한테서 박수가 터지고, 아유무도 함께 손뼉을 쳤다. 아유무 입장에서는 그것은 지극히 당연한 흐름이었다. 그런데 그 후 회장이 선언을 하는 바람에, 아유무는 흠칫하고 등줄기가 서늘해졌다.

"3학년 회장을 맡겠습니다. 이 학교에서 회장을 맡는 것이 두 번째입니다. 학급이 잘 화합할 수 있도록 열심히 하겠습니다. 부회장으로 아유무를 추천합니다. 아유무는 도쿄에서 생활했기 때문에 우리한테는 없는 새로운 지식과 생각을 갖고 있을 것입니다. 꼭 부회장으로서 저를 도와줬으면 좋겠습니다."

대답을 기다릴 새도 없이 학급에는 커다란 박수 소리가 일어나고, 도서부장이 되겠다는 아유무의 생각은 그 박수 소리에 지워져갔다.

저녁식사 때, 학교에서 부회장이 되었다는 얘기를 하자 부모님은 눈을 둥그렇게 떴다. 아유무 네가 자진해서 나간 거니? 엄마의 물음에 친구가 추천해주었다고 대답했다. 그러자 두 사람은 더 놀랐다.

"이거 내일은 팥밥(찹쌀에 팥을 넣어 지은 밥으로, 일본에서는 축하할 일이 있을 때 먹는다-옮긴이)을 해야겠다."

부회장이 된 것과 팥밥이 대체 무슨 상관인지는 모르겠지만, 아빠는 그 후 상당히 빠른 속도로 맥주를 비우면서 말했다.

"하기야 학생 수가 적으면 아이들 모두한테 역할이 주어질 테니 좋은 것 같구나. 규모가 큰 학교에서는 대부분 아이들이 학급 임원이 아닌 나머지 대다수가 되어버리는 거니까."

아빠는 교외의 뉴타운 지역에서 자랐고, 동시에 인구수가 많은 세대였다. 중학교 때는 한 학년이 10반이나 되고 전교생이 1,000명을 넘었다고 한다. 확실히 그렇게 사람이 많으면, 나머지 대다수에 속하는 학생이 대부분일 것이다. 그러나 제3중학교에도 문제는 있었는데, 해체 직전의 학교였다. 3학년은 겨우 학급을 구성했지만 2학년과 1학년은 학년을 합반했고, 가령 이 학교가 존속된다 하더라도 다음 해에 진학하는 학생은 세 명도 되지 않을 거라는 말이 있었다. 교원도 확보하지 못해 여러 교과목을 겸하는 교사도 많았다. 역시 통합되는 게 맞는 학교였다.

다음 날부터 부회장으로서의 일이 시작되었다. 조회 때 출석을 부르고, 급식 때에 잘 먹겠습니다라는 인사를 하고, 학급 회의에서 서기를 하는 정도였다. 하마마쓰(浜松)의 중학교에서 맡았던 사육부장보다는 훨씬 편했다. 그때는 여름 방학에도 돌아가며 등교를 해서 무더위 속에서 닭장과 토끼 우리를 청소하고 먹이를 주어야 했다. 이동수업 때에는 아키라와 나란히 줄 맨 앞에 선다. 이 학교에서 키 순서로 선다면 아유무, 우치다, 미노루, 곤노, 아키라, 후지마 순서이니 어차피 아유무는 맨 앞이었다. 그러나 지금은 부회장이라는 역할 때문에 아이들 앞에 서서 걷는다. 그것은 도서부장이나 미화부장을 하면서는 얻을 수 없었던 작은 만족감을 아유무에게 안겨주었다. 아빠가 팥밥을 하자고 한 말이 이해가 될 것 같기도 했다. 아들이 조금 성장한 것처럼 느꼈을지도 모른다.

학급회의 때는 교실 안에 놓인 '건의함'에 투고가 들어온 내용에 대해 이야기를 한다. 안건은 아침 인사, 청소 방법, 수업 중의 잡담 같은 것들이었다. 다수결이 아니라 토론으로 정하는 것이 담임 선생님의 방침이자 유일한 지시이기도 했다. 논의가 막히면, 아이들은 너는 어떻게 생각하느냐며 종종 아키라에게 의견을 물었다.

이때 아유무가 하는 발언은 최종적으로 도달하는 학급 전체 결론의 밑바탕이 되는 일이 많았다. 아키라는 감탄을 했는데 여기에는 이유가 있었다. 아유무는 서기 역할도 해야 해서 아이들의 생각을 요약해 칠판에 판서를 했기 때문에, 논의가 어떤 방향으로 흐르고 있는지 파악하기 쉬웠다. 전혀 특별한 일이 아니다. 이 사실을 아키라에게 말하자, 그것은 특별한 일이라고 대답했다. 미노루에게 같은 일을 시킨대도 못할 거야. 미노루가 그 말을 듣고는 역시 심약해 보이는 눈썹을 모았다.

학급회의 사이에 무로야 선생님은 거의 아무것도 하지 않았는데, 발언 역시 하지 않고 창가의 의자에 앉아 아이들이 회의하는 것을 바라보았다. 항상 크림색 니트 조끼를 입는 30대 후반의 교사였다. 나중에 알았지만 그는 작년에 현의 동부에 있는 다른 시에서 제3중학교로 부임했다고 한다. 야나카(矢中) 선생님한테 다른 나라 첩자가 왔다고 야유를 받았다면서 선생님은 웃었었다. 옛날에 이 지방은 동서로 나뉘어서 다른 번(藩, 에도 시대에 봉건 영주인 다이묘가 지배했던 영지-옮긴이)이었다고 한다. 서쪽의 쓰가루번이 배반한 역사가 있어서 아직 상대측 지역 사람에게 적개심을 가진 사람도 있다고 했다. 아유무로서는 이해하기 어려운 사고방식이었다. 수백 년 전의 일이니 같은 현의 주민끼리 사이좋게 지내면 될 텐데.

학급회의가 끝난 후 쉬는 시간에, 선생님은 대화에 참여하지 않으시냐고 여쭤본 적이 있다. 그러자 무로야 선생님은 창으로 비쳐드는 햇살 속에서, 거의 버릇 같아 보이는 온화한 웃음을 지으며 말씀하셨다.

"내가 나설 자리가 없다는 건 말이다, 학급회의가 성공적이라는 뜻이야."

방과 후에 남학생 여섯 명이 행동할 때도, 아키라가 의

견을 내고 아유무가 조언하며 여섯 명의 작은 집단이 움직였다. 언젠가 아키라와 아유무의 대화를 보던 우치다가 회장 오른팔이네 오른팔 하며 손뼉을 치며 떠들었다. 아유무는 그 별명이 별로 싫지는 않았는데, 우치다는 아키라가 노려보자 어깨를 움츠렸다. 어쨌든 도쿄의 구립중학교 때처럼, 아니면 하마마쓰(浜松)의 시립중학교 때처럼, 아유무는 이 제3중학교에서도 학급에 잘 섞여들 수 있었다. 이 무렵이 되니 2층 제 방의 책상도, 슬라이드식 책장도, 연갈색 벙커 침대도 어느새 해가 잘 드는 3평 방에 녹아들어 있었다. 타인의 방은 이제 아유무의 방이 되어 있었다. 타원형 오크 테이블도 처음부터 거기에 있었던 것처럼 거실에 섞여들 수 있었고, 차가운 나무 냄새는 가족의 생활 냄새로 바뀌었다.

어느 날 하굣길에, 많은 볏모를 실은 이앙기가 거침 없이 논 속으로 들어가는 것을 보고 자전거를 세웠다. 이앙기가 고랑과 평행하게 진행하면 진흙 속에는 다섯 줄의 연두색 점선이 그려진다. 그 점선이 너무나도 정확해서 아유무는 수학 도형을 상상했다. 그렇게 규칙적으로 늘어선

벼가 성장하고, 이윽고 벼이삭이 무거울 정도로 영글 것이다. 개학식 날 이른 아침에 맑은 대기가 콧속으로 들어오던 느낌을 떠올리며 생각한다. 같은 공기 속에 살고 있으니까, 벼와 채소와 과일과 동물과 새와 곤충과 마찬가지로 우리도 역시 건강하게 자라겠지.

5월 말, 철 이른 태풍이 지나간 후에 기온이 무섭게 오르더니 이 지방에서는 드물게 30도에 달했다. 그 주에 남학생들은 생물실 청소를 담당했고, 아유무는 이마에 땀을 흘리며 창문을 닦고 있었다. 청소 시간에 교내 방송에서 아이네 클라이네가 흘러나오고 있다. 하마마쓰의 학교에서도 청소 시간에는 이 곡이 흘렀었다. 아유무는 이 세레나데의 선율을 들을 때마다 무슨 이유인지 항상 마음이 답답해진다.

교실 한쪽에서 환호가 들려 돌아본다. 생물 준비실로 이어지는 나무 문 앞에서 아키라와 다른 아이들이 얼굴을 마주 보며 눈을 빛내고 있다. 나무 문이 30센티미터 정도 열려 있다. 아무래도 담당 선생님이 문을 잠그는 걸

잊은 모양이다. 아키라가 손짓으로 불러서 아유무도 창문을 닦다 말고 생물 준비실로 들어섰다.

선생님만 들어가는 것이 허락된, 그 길쭉한 방에는 북쪽에 창문이 하나 있을 뿐 어두컴컴하다. 선반에는 먼지를 뒤집어쓴 플라스크며 비커가 늘어서 있다. 관을 세워 놓은 것 같은 직사각형 나무 상자에는 뼈가 한참 부족한 인체골격 모형이 매달려 있었다. 창 가까이에 소형 냉장고가 있었는데, 아키라가 문을 열자 냉장실에는 종이팩에 든 과일주스와 커피와 우유가 들어 있었다.

냉장고 옆에 양쪽으로 열리는 문이 있다. 아유무가 무심코 그 문을 열어보니 선반에 다양한 약병이 진열되어 있었다. 아이들한테서 작은 환호가 터졌다. 수은, 탄소, 전분, 에탄올, 글루코스, 암모니아수, 탄산칼슘, 이산화망간, 과산화수소수…… 라벨에 붉은 글자로 '극약'이라 적힌 약병도 있다. 아유무와 아이들은 어린아이 같은 호기심으로 그 약품들을 바라보고 있었다. 그때 아이네 클라이네가 그쳤다. 그리고 문 입구에서, 복도를 망보던 우치다의 목소리가 난다. 야나카가 이리로 온다. 야나카 선생님은 이 지역의 베테랑 교사로, 생활지도 담당이기도 했다. 아이들은 서둘러 생물 준비실을 나왔다. 그러나 아키라만이 아직 약선반을 응시하고 있다. 후지마가 재촉하자 아키라는 마침내 출구로 향했다.

방과 후, 평소처럼 구관 앞에 모여 있는데 중간에 아키라가 잠깐 화장실에 다녀온다며 무리에서 빠져나갔다. 꽤 오래 볼일을 본다 싶었는데, 아키라가 무슨 이상한 물건을 손에 들고 돌아왔다. 잘 보니, 그것은 나무로 된 시험관꽂이였다. 일곱 개의 시험관이 꽂혀 있는데 그중에 여섯 개에는 흰색 용액, 하나에는 투명한 용액이 들어 있다. 그게 뭐냐고 후지마가 의아해하며 묻는다. 하얀 건 우유야, 그리고 투명한 건 말이야…… 아키라는 소리 없이 웃으며 콘크리트 위에 작은 갈색 병을 놓았다. 그 병을 보고 모두가 술렁거렸다. 작은 병에는 빨간 글자로 '황산'이라고 적혀 있었다.

그러고 나서 아키라는 교복 주머니에서 메뚜기 모양의 플라스틱 장난감을 꺼냈다. 그런데 자세히 보니, 그 눈부신 형광색 메뚜기는 아키라의 손 안에서 더듬이를 움직이며 가시가 있는 다리 여섯 개로 발버둥을 치고 있다. 장난감이 아니라 살아 있는 메뚜기였다. 아키라는 메뚜기를 콘크리트 위에 놓고, 투명한 용액이 든 시험관을 손에 든다. 메뚜기는 갑작스레 자유로워지자, 아직 이상한 듯 더듬이를 위아래로 움직이고 있다. 그 메뚜기에게 시험관을 기울인다. 머리 위에서 떨어져 내리는 용액을 메뚜기는 전신에 뒤집어썼다. 메뚜기는 순식간에 날아가려고 얇은 날개를 펼쳤지만, 결국 날지 못하고 콘크리트 위를 정처 없이 기어 다니다가, 머리와 몸이 부식하듯이 화상으로 짓물러서, 이윽고 여섯 개 다리가 굳어지며 숨이 끊겼다.

"오랜만에 회전판이라도 하자."

시험관 여섯 개 중 하나에 황산이 섞여 있다. 참새잡기 게임을 해서 망통이 나온 사람이 용액 하나를 손등에 맞는다. 아키라가 '오랜만에'라고 한 걸로 보아, 그렇게 여섯 개 중에 하나만 벌칙이 섞여 있는 게임을 '회전판'이라고 하고 예전에 자주 했던 모양이다. 후지마는 메뚜기 시체를 힐끗 본 후에 심약하게 웃으면서 말했다.

"이건 너무 위험하잖아."

"희석했어."

"그래도."

"고작해야 화상을 입는 것뿐이야."

분명 아키라한테서 일종의 흥분이 느껴졌다. 학급회의 때도 아키라는 가끔 감정이 격해져서 억지로 자신의 의견을 관철하려고 할 때가 있다. 아유무는 부회장으로서 혹은 그의 오른팔로서, 아키라를 달래듯이 주의를 주었다.

"하지만 얼마나 화상을 입을지 모르잖아, 위험해."

자신의 목소리가 의외로 자신감을 띠고 있어서, 아유무는 다시 작은 만족감을 얻었다. 아키라는 아유무를 보더니, 미간에 깊은 주름을 잡고 길쭉한 눈을 찌푸리며 말했다.

"이 자식이, 무슨 시답잖은 소리야? 회전판은 우리 전통이라고."

아키라가 시키는 대로, 후지마가 무작위로 시험관의 순서를 바꾼다. 그리고 아키라는 오동나무 상자에서 화투를 꺼내 해가 잘 드는 콘크리트 바닥에 검정 패를 돌린다. 아유무의 심장은 스스로도 놀랄 만큼 크게 고동치고 있었다. 그것은 회전판이라는 행위보다도, 자신에게 향했던 아키라의 언동 때문이었다. 아유무의 패 한 장은 나무에 핀 분홍색 꽃 그림이고, 다음 한 장은 늘어진 보라색 꽃송이 그림이었다. 벚꽃과 등나무 조합으로 합계가 7. 메뚜기 시체가 뇌리에 어른거린다. 땀이 물처럼 뺨을 타고 내려온다. 이 정도의 숫자는 세 번째 패를 뽑아야 할지 말아야 할지 애매한 조합이었다. 그러나 함부로 세 번째 패를 깠다가 망통이 되는 것이 두려워, 그 두 장으로 승부를 보기로 했다.

아유무의 걱정이 무색하게 승부는 간단히 정해졌다. 미노루가 연꽃의 피와 소나무의 피로 망통이었다. 아이들한테서 환호성이 일고, 미노루는 평소처럼 쑥스러워하는 듯한 어색한 미소를 띤다. 거기서부터는 다른 아이들의 감각도, 미노루의 감각조차도 마비된 것처럼 상황이 막힘없이 진행되었다.

미노루는 시험관꽂이 위에서 오른손을 왔다 갔다 한 후에, 끝에서 두 번째를 고른다. 그러자 등 뒤에서 다짜고짜 후지마가 미노루의 팔을 누른다. 손바닥이 콘크리트 바닥에 눌린다.

살집이 두둑한 미노루의 손으로 아키라가 시험관을 기울인다. 하얀 용액이 유리벽 안쪽을 타고 내려, 이윽고 끝의 가장자리에 도달한다. 아유무는 메뚜기 시체를 힐끗 본 후에, 생물 준비실에서 본 인체골격 모형의 손을 상기한다. 이윽고 가장자리에서 넘친 용액이 허공으로 떨어져서 미노루의 손등에서 튄다. 유백색 액체가 살찐 손 위를 미끄러지고 점점 피부가 드러난다. 거기에는 아무 변화가 없는, 살색의 혈색 좋은 멀쩡한 손이 있었다. 미노루는 어색한 미소를 띤 채였고 고통의 기색은 엿볼 수 없다. 아이들에게서 환호가 터졌다.

"벌칙은 어느 걸까?"

우치다가 양손으로 시험관을 들고, 액체를 비교하면서 말했다.

그러자 아키라는 혀를 쑥 내보이고서는 말했다.

"사실은 전부 다 그냥 우유거든, 황산이었어 봐. 희석을 해도 미노루의 손이 뼈만 남았을지 모른다고."

그러자 아이들한테서는 안도라고도 낙담이라고도 할 수 없는 웃음소리가 나왔다. 아까의 갑작스런 태도 변화도 아키라의 장난이었다는 것을 알고, 아유무 역시 가슴을 쓸어내렸다. 그 평화로운 분위기 속에서, 아키라는 황산원액의 약병 뚜껑을 열더니 벌떡 일어섰다. 모두가 아직 어린아이의 웃음을 띠고 있는 가운데, 아키라는 미노루의 머리 위에서 그 약병을 기울였다. 햇빛에 비친 무지갯빛 용액이 미노루의 머리에서 소리를 내며 튀었다. 용액이 기세 좋게 주변에도 흩어지자 아이들의 표정은 한순간에 얼어붙고 당황해서 그 자리에서 얼른 물러선다. 그 커다란 원 가운데에서, 미노루는 움직이지 못한 채로 얼굴에서 액체를 뚝뚝 떨어뜨리고 있었다.

2

6월에 접어들자 날마다 가랑비가 와서, 며칠 동안은 방과 후에 모이는 일이 없었다. 미노루는 평소와 다름없는 얼굴로 등교했다. 그의 얼굴에 하얀 흉터 자국 말고 다른 상처는 없다. 그 회전판 때에, 미노루의 머리 위에서 튀던 액체는 그냥 설탕물이었다. 아키라가 약병 라벨을 바꿔 붙였던 것이다. 설탕물을 뚝뚝 떨어뜨리며 햇살 속에 서 있는 미노루를 아랑곳하지 않고, 아키라가 메뚜기 시체를 철망 너머에 던지면서 회전판 게임은 끝이 났다. 도둑질은 몰라도 회전판 게임을 아이들 장난으로 치부할 수 있을까…… 어쨌든 아키라는 미노루에게 폭력을 휘두름으로써 쾌감을 얻고 있다. 그런 부류의 학생은 어느 학교에나 일정 수 있게 마련이었다.

주말이 끝나고 날씨가 좋아지자, 월요일 방과 후에 다시 구관 앞에 모였다. 그날은 참새잡기가 아니라, 씨름 이야기로 이야기가 무르익었다. 후지마가 봄 방학 때 다른 도시에까지 가서 씨름 순회경기를 보고 왔었다고 했다. 후지마는 의외로 말을 잘해서, 손짓발짓을 섞어 격렬했던 시합 상황을 설명했고 아이들은 모두 그 이야기에 빠져들었다. 그러면 우리도 씨름이라도 하자며 아키라가 말을 꺼냈고, 즉시 씨름 준비가 시작되었다. 후지마가 도구 창고에서 운동장 라인기를 꺼내와 덜그럭거리며 하얀 석회로 원을 그린다. 곤노가 철조망 옆에서 두꺼운 팔손이 잎을 뜯어온다. 우치다는 콘크리트 바닥에 분필로 대전표를 그린다. 아키라는 아유무 옆에서 오동나무 상자에서 화투를 꺼내며 말했다.

"와라시(집이나 창고에 사는 정령으로 이를 본 사람에게는 행운이 찾아온다고 한다-옮긴이) 하고 메도치(강이나 호수에 사는 요괴로 어린아이처럼 생겼다고 한다-옮긴이)가 씨름을 좋아한대."

"메도치?"

"야스이(安井) 할아버지 말이야, 윗마을 계곡에서 메도치한테 엉덩이의 혼구슬(옛날 사람들이 항문에 있다고 상상했던 구슬로, 요괴가 이 구슬을 빼어가면 힘이 빠지거나 얼간이가 된다고 한다-옮긴이)을 빼앗겼대."

얼떨결에 씨름을 하게 되었는데, 아유무는 체격으로도 체력으로도 자신이 없었다. 화투 패의 1월부터 6월을 사용해 대전 상대를 정한다. 대전 상대로 미노루나 가냘픈 우치다가 됐으면 했다. 패를 뒤집자 첫 판이 곤노와 우치다, 두 번째 판이 후지마와 미노루, 그리고 세 번째 판이 아키라와 아유무였다. 회전판을 할 때 보았던 미간에 깊은 주름을 잡은 아키라의 얼굴이 뇌리를 스친다. 아유무는 신관으로 이어지는 연결복도를 쳐다본다. 집에 가지 않고 학교 안에서 떠드는 학생들을 야단치러 교무실에서 선생님이 나오지는 않을까.

팔손이 잎을 씨름 부채처럼 잡고, 후지마가 씨름 심판

을 맡았다. 세 명이 씨름장으로 들어가고 세 명이 둥글게 서서 관전을 한다. 후지마가 팔손이 잎을 들자, 곤노와 우치다가 셔츠에 검정바지 차림으로 서로 맞붙는다. 거친 숨소리, 육체가 부딪치는 소리, 구두 바닥이 땅에 쓸리는 소리…… 아키라와 씨름에 불안감을 가지면서도, 그 광경이 아주 건강한 모습으로 보였다. 곤노가 우치다에게 다리를 건다. 우치다는 비틀거렸지만 아슬아슬하게 씨름판 밖으로 밀리지는 않았다. 환호가 인다. 그 소년다운 높은 환호성이 아유무의 가슴속에 울린다. 미노루조차 얼굴을 펴고 흰 이를 드러내며 손뼉을 치고 있다.

이 씨름판 안쪽에서 아키라와 정면으로 맞붙게 될 것이다. 아마 나는 아키라와의 대결에서 질 것이다. 무릎이 쓸려서 까질지도 모른다. 그러나 그것은 방과 후에 소년들이 씨름을 할 때 일어날 수 있는 흔한 일이었다. 그 흔한 일 속에 자신이 섞여 있다. 아유무는 그 작은 만족감과도 비슷한 약간의 고양감을 느끼고 있었다. 다시 씨름판 가장자리에서 곤노가 다리를 걸었고, 우치다는 그대로 옆으로 쓰러진다. 흙먼지가 약간 일고, 후지마가 팔손이 잎을 올린다. 아키라와 미노루는 박수갈채를 보냈고, 깨닫고 보니 자신도 함께 손뼉을 치고 있었다.

두 번째 판에서는 아유무가 심판을 맡았다. 씨름판 중앙에서 후지마와 미노루가 서로 맞붙는다. 미노루는 무게가 나가지만 근력이 없는지, 키다리인 후지마에게 밀려 씨름판 가장자리로 몰렸다. 그 씨름판 가장자리에서 후지마가 미노루의 허리띠를 쥐고 어깨 넘어 던지기를 한다. 미노루는 기세 좋게 씨름판 밖으로 넘어진 후에, 기대 세워 놓은 라인기에 부딪혔다. 주위에 금속음이 울려 퍼지고, 미노루는 그 금속 상자 속의 하얀 석회를 머리에서부터 온통 뒤집어썼다. 순식간에 머리카락이 허예지고 옷도 하얀 먼지로 뒤덮였다. 그 모습을 본 후지마는 큰 소리로 웃었다.

"꼴 좀 봐, 거지 같잖아."

후지마의 조소는 금방 모두에게 번져서 한바탕 웃음판이 벌어졌다. 미노루 역시 허연 머리를 만지면서 평소처럼 옅은 미소를 짓고 있었다. 그래서 아유무도 웃으려고 했을 때, 말없이 씨름판에 들어서는 소년의 모습이 있었다.

아키라였다. 아키라는 아직 한창 웃고 있는 후지마의 멱살을 잡더니, 힘껏 땅바닥으로 쓰러뜨렸다.

"미노루가 어디가 거지 같다는 거야, 쓸데없는 소리 지껄이지 마!"

웃음소리는 순식간에 그쳤다. 침묵 속에서 후지마는 땅바닥에 엉덩방아를 찧은 채로 눈을 휘둥그렇게 뜨고 있었다. 그 멍한 시간이 지나자 어깨를 들썩이며 훌쩍거리기 시작했다. 아키라는 씨름판을 나와서 미노루에게 다가간다. 미노루의 손을 잡아 일으키더니 옷에 묻은 석회를 털어준다. 아키라가 미노루의 검은 바지를 털 때마다 하얀 연기가 흩날린다. 미노루는 쑥스러워하며 아키라에게 몸을 맡기고 있다. 아유무는 씨름판 중앙에 우뚝 서서, 팔손이 잎을 쥔 채로 한참 그 광경에서 눈을 뗄 수 없었다.

결국 두 판 만에 씨름은 중지되었다. 후지마는 울어서 부은 얼굴을 수돗물로 씻고, 곤노는 어질러진 석회를 빗자루로 모았다. 우치다는 젖은 바닥솔로 대전표를 쓸었고, 아키라와 아유무의 이름은 이윽고 물에 번져 사라졌다. 이날 집에 가는 길에, 아유무는 땅거미가 지는 논길을 자전거로 달리면서 2년 전에 하마마쓰에서 동급생이었던 나가타(永田)라는 소년을 떠올리고 있었다.

나가타는 아주 보기 드문 문제아였고, 역시나 자주 폭력을 휘둘렀다. 그러나 나가타의 폭력은 단순하고 명쾌했다. 미노루와 비슷한 입장의 소년에게 일방적으로 폭력을 휘두를 뿐이었다. 그리고 나가타와 거리를 두기는 쉬웠다. 학급에는 학생이 40명이나 있었던 것이다. 하지만 제3중학교 3학년에는 남학생이 여섯 명밖에 없어서 싫든 좋든 아키라와 행동을 같이 해야 한다.

자전거에서 내려 두렁길을 걷다가 시냇물에 걸린 돌다리를 건넌다. 진흙과 풀 냄새가 콧속을 통과한다. 문득 아키라의 말을 떠올린다. 다리 밑, 저녁 땅거미가 깔린 물가의 수풀 속에, 엉덩이의 혼구슬을 뽑아간다는 생물이 살고 있다 해도 이상하지 않을 것 같았다.

씨름을 한 다음 날부터는 다시 아무 일 없이 일상이 지나갔다. 울었던 후지마도 평소와 다르지 않은 태도로 아키라를 대하고 있었다. 6월이라고는 해도 진종일 비가 오는 날은 적고, 오전에 소나기가 지나가면 오후에는 푸른 하늘이 펼쳐진다. 도쿄에 비해 산간 지방의 날씨는 변덕스러웠다. 방과 후에 아이들은 다시 화투를 하며 보냈다. 덴구(天狗, 얼굴이 붉고 코가 높으며 신통력이 있는 상상 속의 요괴-옮긴이)와 국화 그림이 그려진 오동나무 상자에 든 뒷면이 검은 화투…… 그 화투는 선배한테 물려받은 것이라고 한다. 패를 가운데 쌓지 않고, 매번 아키라가 선을 잡는 것이 이상했지만, 어쨌든 선의 역할도 대대로 선배한테 물려받는다고 한다. 13월이 있는 것을 제외하면 아유무가 아는 화투와 그림은 거의 같았다. 다만 참새잡기에서는 광보다 중요한 패가 있는데, 그것이 버들 피였다. 아키라와 아이들은 이 패를 '도깨비 패'라 불렀다.

분명히 버들 피는 전체가 피처럼 빨갛고 그 속에 어두운 그늘이 져서, 화투 패 중에서도 특이한 패이기는 했다. 빨강과 검정색 그림이라서 도깨비를 연상한 거냐고 아유무가 묻자 아키라는 아니라고 대답했다. 도깨비가 그려져 있어서 도깨비 패라고 말하면서 패의 오른쪽 구석을 가리킨다. 그저 무늬인 줄 알았는데, 자세히 보니 분명히 붉은 배경 속에 바깥에서 뻗어온 것 같은 도깨비의 손이 그려져 있었다. 참새잡기에서는 도깨비 패를 사용하면 많은 조합을 만들 수 있다. 그것은 이 지역 사람들이 도깨비에게 관대한 것과 관련이 있는 것일지도 모른다. 논의 물이 말라서 어쩔 줄 몰라 하는데, 산에 사는 도깨비가 보를 만들어 물을 끌어주었고, 그 도깨비를 기리는 사당이 시내 서쪽에 있으며, 그 지역에서는 입춘 때 콩을 뿌리지 않는다(입춘 전날 밤에, 액막이를 하거나 귀신을 쫓기 위해 콩을 뿌리는 관습이 있다-옮긴이)는 이야기를 야나카 선생님이 잡담하듯이 들려주었다.

참새잡기 게임에서는 가끔 돈내기를 했다. 전체 인원에게 캔주스를 사거나 과자를 사는 정도의 푼돈 내기였다. 돈이 걸렸을 때나 도둑질이나 회전판 같은 리스크를 수반할 때, 항상 미노루가 패자가 된다. 감과 운으로 승패의 대부분이 결정되는 이 게임에서, 중요한 때에 지는 것을 보면 어지간히도 승부운이 없다고 생각했다. 미노루를 보면 그것은 인생운인지도 모른다. 어느 날 방과 후에 역시 돈을 걸고 참새잡기가 시작되었다. 구관 앞에서 동그랗게 모여, 선을 잡은 아키라가 패를 돌린다. 아이들은 이때 자신의 검은 패 앞면에 무슨 그림이 있는지, 거기에만 정신이 쏠려 있었다. 승패가 결정되는 순간이 다가오자 분위기는 점점 열기를 띤다. 그러나 아유무의 의식은 아키라의 손끝으로 쏠리는 일이 많았다.

아키라는 남자 아이들 중에서도 체격이 좋았지만, 손가락만큼은 여자처럼 예뻐서 손톱도 달갈형이고 광택이 돌았다. 그 열 손가락을 교묘히 사용해서 매끄럽게 패를 만진다. 아유무는 어딘가 마술사 같은 아키라의 손기술을 보는 것이 좋았다. 그러다가 알아차리고 말았다. 흐르듯이 매끄럽게 이어지던 그의 패돌리기가, 한순간 정체되며 다시 한층 더 매끄럽게 움직이는 그 한순간을. 약지가 맨 뒤에 쌓인 패의 뒷면을 쓰다듬듯이 미끄러지고, 그렇게 뽑힌 정당한 순서가 아닌 패가 미노루에게 돌려진다. 미노루는 화투의 그림을 보더니 그 심약해 보이는 팔자 눈썹을 찌푸린다. 아키라는 시치미 뗀 얼굴로, 화투 패를 제자리로 돌려놓는다. 미노루의 패는 13이 넘어 망통이 된다.

미노루가 땀투성이가 된 채 사람 수만큼 주스를 사온다. 아유무의 손에도 차가운 콜라가 쥐어진다. 캔 뚜껑을 따서 한 모금 마신다. 부정하게 얻은 음료수라고 해도 방과 후의 한더위 속에서 마시는 콜라는 맛있다. 그리고 문득 깨닫는다. 의도적으로 누군가를 패자로 만들 수 있다면, 의도적으로 누군가를 승자로도 만들 수도 있을 것이다. 그 칼의 소유권을 정할 때의 게임을 떠올린다. 만일 그 게임에 아키라의 속임수가 포함되어 있었다면, 그렇다, 그는 가장 위험하지 않은 상대가 칼을 소유하게 만든 것이다.

다시 콜라를 입에 대는데, 시선 끝에 미노루의 모습이 비쳤다. 미노루는 땅바닥에 앉아서 가만히 이쪽을 응시하고 있다. 그 아이는 자기가 마실 음료수는 사오지 않았다. 그런 미노루가 가여워져서, 그에게 다가가 콜라를 내밀었다.

"남은 거 다 마셔."

그러자 미노루는 볼의 살을 씰룩하며 콜라를 받아들고, 꿀꺽 소리를 내며 남은 콜라를 단숨에 들이켜고는 빈 캔을 아유무에게 돌려주었다.

부정행위를 해서 미노루를 망통으로 만들 정도이니, 역시 아키라는 미노루를 괴롭히면서 쾌감을 얻고 있는 게 틀림없었다. 그러던 어느 날의 이른 아침이었다. 교실에 들어서자, 후지마와 곤노와 우치다가 모여 엷은 웃음을 띠고 있었다. 아키라와 미노루는 아직 등교하기 전이었다. 손짓으로 부르기에 다가가니, 오랜만에 '투명 인간'을 하자고 한다. 그게 뭐냐고 물어보니, 미노루가 무슨 말을 걸어도 절대 대답하지 말고 투명 인간으로 취급하는 장난이라고 한다. 별것 아니었다. 도쿄의 학교에서도 보았던 '무시하기'였다. 그러는데 미노루가 복도에서 교실에 들어오고, 후지마와 아이들은 시치미 뗀 얼굴로 1교시 준비를 시작했다.

쉬는 시간에 분명히 그 아이들은 미노루를 투명 인간으로 취급하고 있었다. 미노루가 말을 걸어도 고개를 끄덕이는 둥 마는 둥 하거나 허공을 응시했다. 그럴 때마다 미노루는 겸연쩍은 웃음을 띠고 눈썹을 모은다. 아유무는 평소부터 미노루와 거의 말을 나누지 않아서, 그 장난에 참가하는 의미가 없었다. 그러다 급식을 준비하는 시간이 되었고, 아유무는 국자를 한 손에 들고 호박 수프가 든 들통 앞에 서 있었다. 그 옆에서 "튀긴 빵은 곤노 담당이야?" 그렇게 묻는 미노루를 곤노가 완전히 무시하고 딴 곳을 보았다. 딴 곳을 본 시선 끝에 앞치마 차림의 아키라가 있었다.

"지금 미노루가 너한테 말을 걸었잖아? 왜 대답을 안 하냐?"

아키라의 음색은 칼 같은 차가움을 띠고 있어, 곤노는 분명히 당황한 기색이었다.

"너희들 아침부터 미노루의 말을 못 들은 척했지? 왜 그랬어?"

곤노는 횡설수설하고 여러 번 목소리를 뒤집으면서 내막을 밝혔다. 미노루를 투명 인간 취급하는 장난이라며, 전에도 유행했던 건데 뭐 그렇게 정색을 하느냐고 했다. 곤노는 허둥지둥 급식 배식을 시작한다. 아키라도 배식차에서 밥그릇이 겹쳐진 알루미늄 소쿠리를 안고 왔는데, 어느 순간 아유무는 눈앞에서 둔탁한 소리를 들었다. 곤노가 쭈그리고 앉아 머리를 누르고 있다. 아키라는 밥그

릇을 한 손에 든 채로, 이번에는 어딘지 서늘한 눈동자로 곤노를 내려다보고 있었다.

투명 인간 사건은 아키라가 담임 선생님한테 간단한 주의를 받고 끝이 났다. 곤노의 머리에 작은 혹이 생겼을 뿐이었다. 그러나 그 이후에, 무슨 일인지 아유무가 교무실로 호출되었다. 무로야 선생님은 역시나 온화한 미소를 띠고, 아이들한테는 아무 말도 안 할 테니 어떻게 된 일인지 설명을 해달라고 했다. 아키라가 선생님의 질문에 아무것도 대답하지 않았던 모양이다. 그래서 아유무는 정직하게 말했다. 아침부터 후지마와 곤노와 우치다가 미노루를 무시해서, 그것 때문에 아키라가 화가 났나 봐요. 솔직하게 한 말인데, 그 말은 거짓말처럼 들렸다. 선생님은 혼자서 끄덕하더니 역시 온화한 미소를 띠고 아유무를 교실로 돌려보냈다.

교무실 앞의 리놀륨 복도를 걸으면서, 다시 나가타를 떠올렸다. 투명 인간 사건처럼, 혹은 작년의 폭행 사건처럼, 언젠가 나가타는 물건으로 아이를 구타했다. 많은 학생들이 그 상황을 봤고 아유무도 그중 한 명이었다. 나가타와 아이들은 프로레슬링 놀이를 하고 있었다. 한창 하던 중에 한 아이의 손바닥에 나가타가 뺨을 맞아서 소동이 일어났다. 나가타는 소년의 멱살을 잡고, 소년은 도움을 구하듯 정처 없이 시선을 움직이고 있었다. 나가타의 분노는 가라앉지 않았고, 사물함에서 스파이크 운동화를 꺼내 소년의 머리를 구타했다. 의외로 가볍고 우스운 소리가 교실 안에 울렸다. 그러나 웅크리고 머리를 감싸고 있는 소년의 손가락 사이에서는 분명 붉은 피가 배어 나오고 있었다. 소년은 양호실로 갔고 5교시가 시작되자 교실에 나가타의 모습도 보이지 않았다. 아유무는 그 직후에 전학을 했기 때문에 그 사건의 자초지종도, 그 후 학급 상황에 대해서도 알 길이 없다.

다목적실 게시판 앞에서 아유무는 발을 멈췄다. 교내 신문에 3학년 학급연극에 대해 적혀 있었다. 제3중학교에서는 매년 6월에 3학년 학급연극제가 열렸다. 재작년에는 '부도리의 꿈', 작년에는 '첼로 켜는 고슈'를 공연했고, 교내 신문에 따르면 특히 재작년 연극은 유례없이 완성도가 높았다고 한다. '모두 힘을 합쳐 올해도 학급연극을 성공시킵시다' 기사는 그렇게 마무리되어 있었다. 아유무와 아키라와 미노루는 이 학급연극에서 역할 외에도 소품을 담당했는데, 제작 상황에 전혀 진척이 없었다. 그리고 학급연극은 다다음주로 다가왔다.

토요일 이른 아침에 아유무는 문방구에 하드보드지와 수성 사인펜을 사러 갔다. 아키라와 미노루에게 소품 제작에 대해 얘기하자, 그러면 토요일에 아유무 집에서 소품을 완성하자고 아키라가 제안했다. 확실히 그렇게 하지 않으면 공연 날까지 마무리가 될 것 같지 않았다. 아유무는 문방구에서 돌아오는 길에 국도 중간에서 자전거를 세웠다. 연두색 점선이었던 논의 이삭이 어느새 자신의 무릎 밑까지 자라 있었다. 아침 햇살 속에 길쭉한 초록색 잎이 흔들려 눈부신 빛을 반사하고 있었다. 처음 이곳에 왔을 때 그곳은 그저 진흙이었다.

3월 말에 해가 뜨기 전에 도쿄의 고층 아파트에서 나와, 아빠의 차를 타고 고속도로로 진입해 여덟 시간이나 북쪽으로 달렸던 것 같다. 고속도로를 빠져나올 즈음에는 벌써 오후였다. 국도를 달리다 보니 주택과 가게가 드물어졌다. 길가 여기저기에 눈덩이가 남아 있었다. 도중에 급유기가 두 대밖에 없는 산기슭의 주유소를 지나고 나니, 그다음에는 숲만 이어졌다. 몇 개의 터널을 지나고, 몇 개의 고개를 넘고, 구불구불한 도로를 오르내리고, 그러다 보니 점점 산의 어느 부근을 달리고 있는지 알 수 없어졌다. 거의 사람의 손이 닿지 않은 원시림이 이어지고, 이 산맥 너머에 사람이 살고 있으리라고는 생각되지 않았다.

세 개인가 네 개쯤 산을 넘은 후에 시야가 트이고 왼쪽에 산비탈이, 오른쪽에 계곡이 있는 포장도로를 달리면 마침내 사람의 손이 닿은 자연이 나타난다. 산비탈의 삼나무가 채벌되어 있기도 하고, 들판에 겨울나무가 한 줄로 늘어서 있기도 했다. 가드레일에 붉은 열매가 그려져 있었는데, 들판의 나무가 아마 사과나무인 것 같았다. 이런 산골짜기 깊은 곳에 사람이 산다는 것이 신기했다. 벼농사를 할 수 있는 면적도 적고 석탄과 구리 같은 자원을 채굴할 수 있는 것도 아니었다. 들판이 펼쳐진 시가지가 훨씬 살기 좋다. 이 땅에서 맨 처음 살기 시작한 집은 왜 이런 불편한 곳에 정착을 한 걸까.

옆에서 핸들을 쥔 아빠에게 물어보지만, 아빠도 고개를 갸웃거렸다. 그러자 엄마가 뒷좌석에서 조금 들뜬 목소리로 말했다.

"'정들면 고향'이 되지 않겠니."

어느 지역도 '고향'으로 만들지 못했던 엄마의 말에, 아유무는 아무 대답도 못 하고 미소를 지을 뿐이었다.

이윽고 국도 오른쪽에 전원 지대가 보이기 시작했다. 논은 직사각형의 검은 진창이었다. 그 진흙 중간에 백로 한 마리가 있었다. 기다란 두 다리를 진흙에 꽂고 서쪽 방향을 향해 서 있었다.

그 진흙에 지금은 규칙적으로 벼가 심어져, 초여름 바람에 초록 잎을 흔들고 있다. 이곳의 수확기는 8월일까, 9월일까, 아유무는 문득 눈앞의 전원 지대가 황금색으로 물들고 벼이삭이 고개를 숙인 광경을 상상했다. 이런 산간 지방에서도 벼가 자라고 채소가 자라고 나무에는 과일이 열린다. 역시 처음 정착한 사람에게 이 땅은 '정들면 고향'

이 되었을지도 모르겠다.

아침 9시가 지났을 무렵에 현관 초인종이 울렸다. 현관에는 아키라와 미노루가 나란히 서 있었다. 엄마가 맞아들이자 두 아이가 거실로 들어온다. 아유무는 이 두 아이가 자신의 집에 있는 것이 신기했다. 시내에서 우연히 가족을 만났을 때 같은 어색함을 느꼈다. 세 명은 위패를 모신 방 옆의 햇살이 잘 드는 다다미방에서 소품을 만들었다. 아키라가 천 조각과 끈으로 흰 코끼리의 코와 꼬리를 만든다. 미노루가 헤어밴드에 하드보드지를 붙인다. 그것은 이윽고 오츠벨의 강아지 귀가 된다. 아유무는 달의 가면에 노란 사인펜으로 색칠을 하고 있었다.

작업은 묵묵히 계속되었다. 그런 보람이 있어서, 정오가 지날 무렵에는 대부분의 소품이 완성되었다. 그즈음에 엄마가 왔다. 앞치마 차림의 엄마는 미닫이문에서 상반신만 내밀고는 점심을 만들었으니 먹고 하라고 말한다. 아유무와 아이들은 제작 도구를 손에 든 채 말 없이 얼굴을 마주 보았다. 거실의 미닫이문을 여니, 좌탁에 당초무늬 대접이 세 개 놓여 있었다. 엄마가 자주 만드는 가지를 넣은 유부 국수였다.

좌탁 앞에 앉아 셋이서 국수를 먹었다. 아유무는 유부를 한 입 먹은 후에, 거실 한쪽의 텔레비전을 보았다. 정오 뉴스에서 오후 날씨를 전하고 있다. 그리고 다시 정면을 보았다. 아키라와 미노루가 자신의 집 거실에서 국수를 먹는 모습이 신기했다. 엄마는 순서대로 컵에 보리차를 따라준 후에, 아유무의 왼쪽 옆 방석에 앉았다. 엄마가 해준 점심을 먹으면서도 지금은 괜히 엄마가 딴 데로 가줬으면 싶었다.

"아키라하고 미노루는 계속 여기에 살았니?"

엄마의 질문에 아키라와 미노루는 대접에서 동시에 얼굴을 들었다. 자신과는 관계가 없는 일인데도 아유무도 젓가락질을 멈추었다. 젓가락 끝에서 국수가 스르륵 떨어진다. 입을 연 것은 아키라였다.

"네, 그래서 저희는 유치원부터 중학교까지 계속 같이 다녔어요."

"그럼, 너희 둘이 소꿉친구구나."

엄마는 어색한 미소를 띠고 고개를 갸웃했다. 목욕 다

녀오던 강가에서 본 아빠의 몸짓과 같았다.

"아유무는 중학교를 졸업하면 다시 이사 가는 건가요?"

"우리 집은 전근을 자주 다녀서, 겨우 그 지역에 익숙해지나 싶으면 떠나야 한단다."

아유무는 그런 대화를 지켜보면서 아키라가 표준어 억양으로 똑바로 말하고 있는 것에도, 진지하게 대답을 하고 있는 것에도 살짝 놀랐다. 미노루를 보니, 두 사람의 대화에 정신을 팔면서도 묵묵히 국수를 먹고 있었다. 아키라는 가지를 집은 후에 칭찬을 했다.

"이런 국수는 처음 먹었는데 맛있어요. 볶은 가지에도 유부에도 맛이 잘 배었네요."

그 말을 들은 엄마는 이번엔 분명한 미소를 지었다.

"내가 태어나 자란 마을의 향토요리란다."

오후에 모든 소품을 다 만들었다. 소품을 채운 배낭을 메고, 아키라와 미노루는 삼나무 숲 비탈길을 내려갔다. 두 사람을 배웅한 후에, 엄마는 조금 삐딱해 보여도 야무진 아이구나 하고 말했다. 그 말을 듣고 어른도 간단히 속이는 아키라에게 혀를 내둘렀다. 속인다고? 아키라가 엄마를 속일 필요 같은 건 하나도 없었다.

2층 방에 들어가 창을 여니, 언덕 아래 삼나무 가로수 그늘에 아직 아키라와 미노루의 모습이 작게 보였다. 둘이서 무슨 이야기를 하고 있다. 무슨 이야기를 하고 있을까. 귀를 기울여보아도 들리는 것은 창고에서 우는 여치의 지직거리는 울음소리뿐이었다. 둘의 대화는 상당히 오래 계속되었다. 아유무는 점점 그들이 자신과 엄마의 험담을 하고 있는 느낌이 들기 시작했다. 외지 사람인 자신과, 특이한 국수를 만든 엄마의 험담을 하고 있다.

아키라가 배낭에서 코끼리의 꼬리를 꺼내, 털실로 만든 꼬리를 가리킨다. 단순히 소품의 완성도를 말하고 있을 뿐인가 보다. 이윽고 두 아이는 세 갈래 길에서 헤어져 서로 다른 방향으로 걸어갔다. 그 무렵에는 창고에서 나던 여치 울음소리도 그쳐 있었다.

헛간은 앞마당을 사이에 두고 집의 대각선으로 맞은편에 있었다. 2층짜리 목조건물로, 붉은 함석지붕에 거무스름한 삼나무 벽면, 마찬가지로 거무스름한 삼나무 기둥으로 되어 있었다. 어느 토요일 오후에 엄마한테 이끌려 이 창고에 들어갔다. 창고에는 그야말로 다양한 형태의 농기구가 어수선하게 수납되어 있었다. 아유무도 괭이와 가래와 절구 정도는 알았지만, 대나무장대 두 개가 연결된 것이나 나무로 된 회전 빗자루 같은 명칭도 용도도 전혀 알 수 없는 농기구도 많았다. 엄마는 신슈(信州)의 시골 출신이고, 외갓집 역시 농사를 지었기 때문에 대부분의 농기구에 대해 알았다. 계속되는 아유무의 질문에, 이건 도리깨고 그건 제초기야, 엄마는 다소 의기양양하게 대답해갔다.

아유무는 농기구를 구경하다가 어떤 문구를 발견했다. 선반 위에 가로로 놓인 몸통이 굵은 나무망치 손잡이에 '풍요로운 침묵'이라는 글이 손으로 새겨져 있었다. 농기구의 주인이 새긴 거라면, 그것은 아유무가 눈으로 본, 이 집에 살던 친척 할아버지 할머니의 유일한 말이었다. 그러나 무슨 뜻인지 알 수 없다. 풍요로운 말이라고 했다면 이해가 되어도, 침묵은 말이 없다는 뜻인데 말이 없는 것이 풍요롭다는 것은 무슨 뜻일까. 엄마에게 묻자, 그 농기구는 목메라고 하고 짚을 칠 때 사용한다고 한다. 손으로 새긴 글자를 보고는 엄마도 고개를 갸웃거릴 뿐이었다.

창고에는 골동품 같은 물건도 많이 보관되어 있었다. 백자 화병, 질그릇 항아리, 호랑이 그림 족자, 녹슨 램프, 손으로 감는 회중시계, 미쓰비시 발재봉틀, 몇 자루의 일본도까지 나왔을 때는 놀랐지만, 칼집에서 빼보니 날이 없는 모조칼이었다. 그래도 충분히 무게가 나가서 아유무의 다리가 휘청거렸다.

엄마는 어느 상자에서 금속 접시를 꺼내더니, 어머 반가워라, 차팔라가 다 있네 하며 중얼거렸다. 자세히 보니 접시가 아니라 심벌즈 모양의 악기였다. 손잡이에는 붉은 수술이 달려 있다. 심벌즈처럼 쳐서 소리를 내는 게 아니라 서로 비벼서 소리를 낸다고 한다. 엄마의 할아버지, 그러니까 아유무한테는 증조부 되는 분이, 차팔라를 갖고 지역의 축제에 참가했다고 한다. 신관이 콩이 든 마대 자루를 풀어놓으면 반라의 청년들이 서로 빼앗는 이해가 안 되는 축제였다며 엄마는 웃었다. 분명 마대 자루를 차지한 사람의 집은 그 해의 오곡 풍작이 보장되는 걸 거라고 아유무가 말하자, 정말 그렇겠구나 하며 엄마는 감탄을 했다. 서로 빼앗는 경기를 할 수 있는 젊은이들이 마을에서 사라져서 그 축제도 이제는 없다.

엄마가 차팔라를 비비자, 챙챙 하는 먼 이나라의 악기 같은 이국적인 음색이 창고에 울렸다. 엄마는 차팔라를 손에 든 채로 음색의 행방을 더듬듯이 천장 주위를 돌아보며, 이 헛간을 청소하고 정리를 하면 그럴싸한 별채가 될 것 같다고 중얼거렸다. 한편에서는 아유무의 흥미를 끈 것은 태엽인형이었다. 15센티미터 정도의 작은 인형인데, 앞머리를 묶고 일본 전통 의상을 입은 동자가 두 손으로 쟁반을 들고 있다. 허리에 붙은 태엽을 감은 후에, 3센티미터 크기의 찻잔을 쟁반에 올리자 동자는 꾸벅꾸벅 인사를 하면서, 누군가를 찾기라도 하듯이 햇빛이 비치는 헛간 바닥을 걸어가는 것이었다.

목욕탕이나 연료가게에 갈 때는 이 헛간의 뒤쪽에서 이어지는 삼나무 숲 비탈길을 내려간다. 언덕 기슭에는 그 띠로 지붕을 이은 민가가 있다. 처음 보았을 때는 도망을 쳐버렸지만, 이제 할머니하고 인사를 나누는 정도의 사이가 되었다. 할머니는 아유무를 '대갓집 도련님'이라고 불렀다. 다른 누군가로 착각을 하고 있다. 언덕 위의 집에 이사 왔다고 아유무가 설명하자 할머니는 그래그래 하며 고개를 끄덕였다. 그러나 다음에 만나면 다시 대갓집 도련님이라 부른다. 매번 같은 설명을 하는 것도 귀찮아서 그냥 대갓집 도련님이 되기로 했다. 어느 날 학교에서 돌아오다가 이 민가를 지나가는데, 할머니가 말을 걸었다. 간식이 있으니까 먹고 가라고 한다.

현관 나무 문을 열자, 현관 바닥이 나오고 거실에는 이로리(囲爐裏, 농가에서 방바닥의 일부를 네모나게 잘라내고 재를 깔아 난방이나 취사용으로 불을 피우는 장치-옮긴이)가 있었다. 이로리는 옛날이야기의 삽화로밖에 본 적이 없다. 천장에서 매달린 회전이 가능한 갈고리에는 삽화에서 본 것과 같은 물고기 모양의 가로대가 매달려 있다. 이로리 중앙에서는 검은 숯이 불그스름하게 물들어 있었다. 숯으로 떡을 구워주시려나 했는데, 할머니는 무슨 하얀 스펀지 같은 것을 대나무 꼬챙이에 꽂아 이로리에 나란히 꽂는다.

"마시멜로를 먹으렴."

숯불에 굽자, 마시멜로는 표면이 노릇노릇하게 탔다. 할머니가 건네주는 대나무 꼬챙이에서 하나를 빼문다. 겉은 파삭하게 고소하고 안은 부드럽고 달콤해서, 고급 과자를 먹고 있는 것 같았다.

"술도 마시렴."

할머니는 이로리에 꽂아둔 대나무통에서 뿌연 술을 잔에 부었다. 잔을 받아들자, 냄새로 그것이 감주(단맛이 나는 일본 전통 음료로, 알코올 함유량이 미미해 술이 아닌 음료로 분류한다-옮긴이)라는 것을 알 수 있어서 주저하지 않고 한입 마셨다. 술누룩의 향에 은은하게 푸른 대나무 향기가 섞여 있고, 그리고 이로리에서 체온 정도로 데워져 있어서인지 조금 취기가 도는 것 같았다. 할머니는 부젓가락으로 숯의 위치를 조정하면서 말했다.

"대갓집 도련님도 이제 곧 뱃사공을 할 나이가 되는구려. 도련님의 멋진 모습을 볼 수 있다면 나는 더 여한이 없겠소."

뱃사공이란 어선의 선장을 말하는 걸까. 사실 이 지역

에서 바다까지는 상당히 거리가 멀다. 그러나 할머니가 멋대로 자신을 누군가와 착각하고 있는 것이 재미있어서였는지, 그리고 배 속 감주의 온기 때문이었는지, 들은 기억이 있는 사투리 억양으로 적당히 장단을 맞추어보았다.

"나도 도련님이 아니고 어른인걸. 모두를 위해서 멋진 뱃사공이 되어봄세."

그러자 할머니는 부젓가락을 손에 든 채로 동작을 멈췄고, 정말 눈동자가 촉촉해지기 시작했다. 대충 한 말이 정곡을 찔러버린 것만 같아 겸연쩍어져서, 아유무는 남은 마시멜로를 얼른 입에 욱여넣고 서둘러 할머니의 집을 뒤로했다.

문밖으로 나오자 이미 해가 기울고 있었다. 집으로 이어지는 비탈길을 올라갈 무렵에는 감주의 따뜻한 여운도 사라져 있었다. 그리고 할머니가 말하는 대갓집 도련님이라는 사람은 지금 어디에서 무엇을 하고 있을지 궁금했다. 헛간을 지나가는데 먼지떨이를 한손에 든 엄마가 기침을 하면서 문밖으로 뛰어나왔다.

어느 날 오후, 헛간에 혼자서 들어가 보았다. 뭔가 재미

있는 물건이 또 발견될지도 모른다. 헛간은 지난번보다 조금 정돈되어 있었다. 난잡하게 어질러져 있던 농기구는 벽쪽으로 모아져 있다. 둘러보다가 선반 아래의 상자 속에서 특이한 가면을 발견했다. 검은 천으로 가면 두 개가 이어져 있다. 하나는 눈가가 내려간 에비스(惠比壽, 일본의 칠복신 중 하나로, 어업의 신이기도 하며 상업 번창의 신으로도 숭상받는다-옮긴이) 님의 가면이고 다른 하나는 눈꼬리가 치켜 올라간 도깨비 가면이었다. 아유무가 학급연극용으로 만든 하드보드지 가면과는 완성도가 상당히 달랐다. 그러나 사람은 얼굴이 하나라서 동시에 두 가면을 다 쓸 수는 없다.

시험 삼아 그 검은 천을 뒤집어써보니, 역시나 얼굴 정면에 가면 하나가 오고, 뒷머리에 다른 하나의 가면이 온다. 그 순간 뒤에서 비명이 들려 돌아보니, 역시나 먼지떨이를 한손에 든 엄마가 헛간 입구에서 온몸이 굳어진 채 서 있었다. 뒤쪽에 있던 도깨비 가면을 보고 말았나 보다.

6월 말, 학급연극은 무사히 상연되었다. 장소는 체육관이 아니라 신관 1층 다목적실이었다. 관객은 교직원과 얼마 안 되는 하급생뿐이었다. 아유무는 소치기 역할이고, 아키라와 미노루는 농부 역할이었다. 후지마는 대장 코끼리, 곤노는 코끼리, 우치다는 붉은 옷을 입은 동자. 다들 연기도 잘 못하고 대사를 잊어버린 학생도 있었지만, 중학교 연극이니 이만하면 됐다. 이윽고 오츠벨이 짓밟혀 죽고, 흰 호랑이가 쓸쓸히 웃고, 아유무가 내레이션을 넣자, 드문드문 박수가 나오고 연극이 끝났다.

그다음 주에 기말고사 성적표가 나왔다. 도쿄에서 다니던 학교에서는 수학과 사회만 반에서 3등 안에 들었다. 제3중학교에서는 모든 과목이 3등 안에 들었고 수학은 1등이었다. 후지마는 아유무의 성적표를 들여다보며, 어느 사이에 공부를 했느냐며 억울해했다. 후지마네 아빠는 동네 의사였다. 부모님은 장래에 의사가 되기를 바라는데, 그 정도로 성적이 좋지는 않다며 본인은 한탄하고 있었다. 아유무는 후지마네 아빠를 내과 검진 때와 목욕탕에서 두 번 본 적이 있다. 큰 키에 둥근 안경테를 쓰고 수염을 기르고 있어서, 그야말로 동네 의사의 전형적인 모습이었다. 하지만 물속에서는 어디에나 있을 법한 평범한 아버지의 얼굴이었다.

아키라와 곤노와 우치다의 집은 겸업 농가였다. 이 시골 마을에서도 전업농가는 거의 없다. 쌀 생산량과 소비량이 해마다 감소하고 있다고 학교에서 배웠다. 아유무도 엄마가 만드는 비빔밥은 좋아하지만, 흰쌀밥은 그렇지도 않았다. 심지어 이 지역에서는 인구도 감소하고 있다. 아키라와 친구들도 고등학교를 졸업할 무렵에는 이곳을 떠날지도 모른다. 한편 미노루의 집은 시내에서 정육점을 운영하고 있었다. 80엔짜리 소고기 고로케가 맛있어서, 방과 후에 모두 함께 먹으러 간 적도 있다고 했다.

기말고사 성적표를 확인하고, 여름 방학 전 마지막 대청소를 했다. 교실 책상을 모두 쌓아 올리고, 깡통에 든 노란 수지왁스를 바닥에 붓는다. 휘발유 비슷한 희미하게 달짝지근한 냄새가 교실에 풍긴다. 네발로 엎드려 걸레로 바닥을 닦아간다. 거무스름하던 마룻바닥에 놀랄 만큼 광택이 나고, 그 과정이 재미있어서 아유무는 열심히 마루를 닦고 있었다.

"그렇게 열심히 닦아봐야 소용없어."

고개를 드니, 아키라가 교탁에 기대어 창밖을 바라보고 있었다.

"어차피 내년에는 전부 뜯겨 나갈 거야."

그다음 날에는 참관 수업이 있었다. 엄마 옆에서 아빠의 모습을 발견하고 놀랐다. 아빠가 참관 수업을 온 건 처음이었다. 회사가 가까워서 점심시간에 빠져나온 건지도 모른다. 아빠는 슬림한 슈트를 입고, 사선 줄무늬 넥타이를 매고, 왼손에는 문자판이 파란 쿼츠 시계를 차고 있다. 엄마는 흰 블라우스에 감색 면바지 차림이었고, 보라색 귀걸이가 귓불에서 빛나고 있다. 이렇게 보니 엄마 아빠의 모습은 좀 튀었다. 대부분의 부모가 농업이나 임업, 또는 과일 재배로 수입을 얻고 있다. 그런 노동의 흔적이 자신의 부모에게는 엿보이지 않는다. 그들과는 다른 방식으로 나이를 먹었다. 혹은 아직 도쿄에서 지내던 때의 분위기가 남아 있는지도 모르겠다.

아유무는 망설이던 끝에 선생님의 질문에 손을 들고 정답을 말했다. 문득 돌아보니 아빠는 오른손으로 조그맣

게 엄지를 세우고 있었다. 아유무는 무심한 얼굴로 앞을 보았지만, 그 후에 얼굴이 붉어지고 등에 땀이 흘렀다. 참관 수업에는 아키라네 엄마와 미노루네 엄마도 왔다. 사람 수가 적어서 금방 알아볼 수 있었다. 아키라네 엄마는 아직 상당히 젊고, 피부가 희고 얼굴 생김새가 아키라와 아주 닮았다. 한편 미노루네 엄마는 쉰 전후로, 화장기가 없고 그을려 있었다. 작년 이맘때쯤, 미노루의 집 현관에서 저 피부가 흰 엄마가 저 햇볕에 탄 엄마에게 고개를 숙여 사죄한 것이다.

참관 수업이 끝나자 학급에는 어딘지 모르게 들뜬 공기가 감돌았다. 기말고사도 끝나고 나니 수업을 열심히 하게 되지 않는다. 아유무는 개학식부터 오늘까지 있었던 일을 떠올려본다. 도둑질과 회전판같이 간담이 서늘해지는 일도 있었지만, 여름 방학이 지나고 가을이 오면 이 학급은 자신에게 더 지내기 좋은 곳이 될 것이다. 그리고 3학기에는 수험을 치르고 진로를 결정하고, 졸업식 후에는 아빠가 말하던 사이타마 교외의 집으로 이사하는, 그런 막연한 미래를 그려보기도 했다.

어느 날 집에 돌아오는 길에, 국도 왼쪽의 논 지대에서 특이한 새를 보았다. 논의 벼는 이미 자신의 무릎 위까지 자라 있었다. 그 논의 오른쪽에서 왼쪽으로 실루엣이 오리 같은 새가 헤엄치고 있었다. 멀리에서 보면, 그 모습은 태엽식 장난감처럼 보이기도 했다.

자전거를 세우고 자세히 보니, 잘록한 긴 목과 윤기 나는 녹색의 매끈한 머리에 노란 부리를 가진, 오리가 아니라 청둥오리였다. 하지만 청둥오리라면 그것도 이상하다. 왜 겨울새가 아직 일본에 있는 것일까. 혹시 다쳐서 날아가지 못한 걸까. 새는 논 중간쯤에 서서, 부리를 좌우로 흔들고 머리를 물에 담그고 논에 있는 벌레를 쪼아 먹는다. 벌레를 삼키더니, 다시 태엽식 장난감처럼 헤엄치기 시작한다. 트랙터가 흙먼지를 일으키며 자신을 추월해갈 때까지, 아유무는 논과 초록색 벼와 들새를 멍하니 바라보고 있었다.

이 이야기를 엄마에게 하자, 그것은 청둥오리와 집오리의 잡종일 거라며 웃었다. 오리를 논에 풀어놓고 해충을 먹게 하는 농법이 있다고 한다. 하기야 아유무는 청둥오리와, 청둥오리와 집오리의 잡종을 구별하지 못한다. 그 후에도 아유무는 가끔 논에서 그 특이한 새를 찾았지만, 더 이상 그 모습은 보이지 않았다.

다시 기온이 30도가 넘었다. 산 너머에 고기압이 정체되어 있어 뜨거운 공기가 이 지역으로 내려오고 있다고 한다. 방과 후에 아이들은 구관 앞의 그늘에 모여 있었다. 아스팔트가 열기를 품고 있어서, 그 열기가 가끔 그늘에도 흘러 들어온다. 땀이 식을 줄 모른다.

아키라는 희뿌연 눈빛으로 물든 것 같은 하얀 이삭을 손에 들고 있었다. 아유무가 이삭을 신기하게 보고 있으니, 메뚜기한테 혼을 통째로 뽑힌 이삭이라고 아키라가 말했다. 해충한테 양분을 빼앗겨 잘 성장하지 못한 이삭이 흰 이삭이 된다고 설명해주었다. 지금은 농약의 품질이 좋아져서 예전에 비하면 줄었지만, 그래도 한 마지기에 몇 줄기는 반드시 발견된다. 모양이 이삭이기는 한데, 혼이 빠져 나갔으니까 이삭의 허물 같은 거라고 할 수 있지. 그런 이야기를 들으니, 희뿌연 눈빛으로 보이던 이삭은 순간적으로 백골색으로 보이기 시작했다. 아키라는 그 흰 이삭으로 자신의 손바닥을 치는 동작을 하며 말했다.

"심심하니까, 오랜만에 저승님이라도 하자."

그 말을 듣자, 후지마도 곤노도 우치다도 동시에 말을 멈췄다. 아유무가 눈을 멀뚱멀뚱하고 있으려니, 아키라가 차근차근 설명을 하기 시작했다. 몸을 구부렸다 폈다 하는 동작을 반복한 후에 줄넘기로 목을 조이면, 일종의 도취 상태에 빠지고, 눈앞에 '저승님'의 모습이 나타난다. 저승님은 모든 사람의 안에 깃들지만, 개념이기 때문에 일정한 형태가 없고 영매가 되는 사람의 정신에 따라서 모습이 결정된다. 비로자나불을 보는 사람도 있고, 마두관음을 보는 사람도 있다. 가네샤를 보는 사람도 있고, 버들 피의 도깨비를 보는 사람도 있다. 머리와 몸이 같은 크기인 만화영화 캐릭터를 보는 사람도 있었다. 그 저승님의 신탁을 복창하면 제3자가 종이에 적는다. 아키라는 드물게 열정적으로 말을 하고 있었는데, 아유무는 무슨 이야기인지 거의 알아들을 수 없었다. 목을 졸라? 저승님이 나타난다고?

도둑질이나 회전판과는 달리 이 게임에는 후지마도 곤

노도 우치다도 노골적으로 혐오하는 표정을 지었다. 아유무로서는 알 수 없었지만, 아이들한테는 무슨 싫은 기억이 있는 모양이었다. 아키라는 흰 이삭으로 콘크리트의 흙먼지를 턴 후에 바로 화투를 깔기 시작했다. 아유무가 아직 이 게임을 이해하지 못해 당황해하고 있는 사이에, 손에는 두 장의 패가 들어와 있었다. 그 바람에 아유무는 아키라의 약지를 보는 순간을 놓쳤다. 순간적으로 아유무의 심장이 고동치기 시작했다. 아키라의 매끄러운 약지의 움직임은 아유무의 보험이기도 했던 것이다.

첫 번째 패는 소나무 피였고, 두 번째 패는 매화 피였다. 세 번째 패를 뺐지만, 다시 소나무 피여서, 합계가 4가 되어 이기는 조합이 완성되지 않았다. 아유무의 고동은 높아져가고 동시에 핏기가 사라진다. 아키라와 후지마는 띠 조합을 완성했고, 곤노는 10, 우치다는 8이었다. 그 순간, 아유무는 분명 미노루가 패배하기를 바랐다. 이기적이라고 해도 할 수 없다, 뭐가 뭔지 모르는 상태로 목이 졸리는 것은 질색이다. 미노루의 패는 연꽃 피와 매화 피, 즉 조합이 완성되지 않은 망통이었다.

"그럼, 몸을 굽혔다 폈다 해! 자, 어서 하라고!"

아키라는 흰 벼이삭을 던지더니, 미노루를 양지 바른 아스팔트로 데리고 나왔다. 미노루는 오늘도 어색하게 웃으면서, 이마에 땀을 흘리며 무릎을 굽혔다 일어서는 운동을 시작했다. 미노루의 어색한 웃음은 아마도 분위기를 무마하기 위해 하는 행동일 것이다. 하지만 목이 졸리기 위해서 어색한 웃음을 지으며 운동하는 모습은 오히려 비정상적이었다. 그사이에, 도구 창고에서 아키라가 줄넘기 줄을 가져온다. 그것은 초등학생이 주로 사용하는 형광노란색 줄넘기였다. 땡볕 밑에서 몸을 굽혔다 폈다를 200번도 더 한 후에, 미노루는 땅바닥에 주저앉아 어깨로 숨을 몰아쉬고 있었다. 그런 미노루의 목 주위에 아키라가 줄을 두 번 감고 손잡이를 건넨다. 줄을 제 손으로 직접 알아서 조여야 하는 모양이다. 미노루는 양손을 바깥쪽으로 벌린다. 줄이 미노루의 목에 조이는데, 힘을 조절하고 있는 것이 훤히 보였다.

"어떠냐, 저승에 도달했어?"

미노루는 말없이, 부끄러움에 상기되기라도 한 것처럼

얼굴을 붉히고 있다. 힘이 부족한 게 틀림없나 보다 하면서 아키라는 미노루의 등 뒤에 서서 줄을 제 손목에 한 바퀴 돌려 고정하고 목을 세게 조였다. 이번에는 확실히 줄이 살에 파고 들어간다. 창피해서 붉어진 얼굴이 아니라 울혈로 인한 홍조가 얼굴에 번진다. 목줄기에는 경동맥으로 보이는 검푸르고 굵은 혈관이 튀어나온다. 미노루는 소리로 나오지 않는 헐떡임과 신음을 흘리면서 양손으로 줄을 느슨하게 하려고 하지만, 줄은 목살 깊은 곳까지 완전히 파고들어서 손가락을 넣을 틈이 없다. 얼굴은 점점 검붉게 변색되고, 입술에는 거품을 물고, 머리를 좌우로 격렬하게 흔들며 마른 아스팔트 위에서 발버둥을 친다. 그러나 발버둥을 치면 칠수록 줄은 정확히 미노루의 살을 파고든다. 아키라는 등 뒤에서 다시 미노루에게 묻는다. 어떠냐, 저승에 도달했어? 저승님이 강림하셨나? 저승님이 뭐라고 계시를 하시지?

다음 순간, 아키라는 누군가에게 떠밀려 아스팔트로 내동댕이쳐진다. 줄은 풀리고 미노루 역시 아스팔트에 엎어졌다. 미노루는 네발로 엎드린 채로, 전력질주를 한 직후처럼 헐떡이며 숨을 다시 몰아쉬기 시작한다. 아키라를 민 것은 후지마였다. 후지마는 얼굴을 일그러뜨리고, 비명처럼 소리를 질렀다.

"멍청아, 정말로 미노루를 죽일 셈이야!"

아키라는 상반신을 일으키더니 그대로 아스팔트에 주저앉았다. 고개를 갸우뚱하며 입술을 반쯤 벌리고, 어린아이의 눈으로 후지마를 이상하다는 듯이 쳐다보고 있었다.

3

기분 나쁜 꿈을 꾸고 한밤중에 잠이 깼다. 잠옷과 시트가 온통 땀으로 흠뻑 젖어 있었다. 콘크리트 위에 깔린 검은 패 두 장을 뒤집자 연꽃 피와 매화 피가 나타난다. 자신이 저승님을 보는 역할이 되고 형광색 줄넘기가 쥐어진다. 그 노란색 줄이 목덜미를 조인다. 그런 꿈이었다.

어두컴컴한 계단을 내려가, 물을 마시려고 부엌 개수대 수도꼭지를 비틀었다. 고개를 드는데 부엌 창 너머 방충망에 곤충이 기어가고 있었다. 유리창이 불투명해서 윤곽이 흐릿한 그림자로밖에 보이지 않았다. 가시가 있는 다리 여섯 개를 움직이는 것으로 보아 투구벌레인가 싶었지만, 불투명한 유리에 뿔 그림자는 비치지 않는다. 단숨에 물을 마시고 개수대의 스테인리스에 컵을 놓고 보니, 곤충 그림자는 이미 창틀 새시 바깥쪽으로 사라지고 없었다.

다음 날 급식을 먹은 후 5교시가 됐을 때, 후지마가 몸이 안 좋다고 하더니 구토를 했다. 후지마는 원래 위가 약했던 터라, 저 녀석이 또 배탈이 났다며 우치다가 야유를 했다.

후지마는 구토한 후 보랏빛으로 변한 입술에 거품을 물고 경련을 했다. 아무래도 단순한 복통으로는 보이지 않았다. 그리고 웅크린 후지마의 모습에 회전판 때 본 황산을 뒤집어쓴 직후의 메뚜기가 떠올랐다. 그 황산을 아직 아키라가 가지고 있는 걸까? 순간적으로 아키라를 본다. 아키라는 별반 변화가 없는 표정으로 후지마를 내려다보고 있었다. 그것이 가식적인 표정으로도 보였다. 화투에서 속임수를 쓸 때의 그 시치미 뗀 표정으로도 보였다.

후지마는 구급차에 실려 갔는데, 큰 탈 없이 그날 바로 퇴원했다. 그리고 다음 날에는 평소와 다름없는 얼굴로 등교를 했다. 수업 중의 갑작스러운 이변이 자신의 눈에 과장되게 비친 것뿐일까. 그러나 그 후에, 무슨 이유에선지 아유무만 담임한테 불려갔다. 무로야 선생님은 곤노가 혹이 생겼을 때와 똑같이, 부드러운 어조로 어제 일에 대해서 뭐 아는 게 있으면 알려달라고 했다. 후지마가 저승님을 중단시킨 게 화가 나서, 아키라가 크림스튜에 미량의 황산을 섞은 것 같아요……. 그런 말이 머릿속에 떠올랐지만 아유무는 그 말을 입 밖으로 꺼내지 않았다. 정황이 들어맞을 뿐 증거는 아무것도 없다. 게다가 만일 병원에서 후지마한테서 약물이 검출되었다면, 시교육위원회에도 경찰서에도 연락이 갔을 것이고 지금쯤은 큰 난리가 났을 터였다. 결국 이 일은 모든 것이 어물쩍 수습되었다.

같은 시기에 국도 주변의 논에 까마귀 시체가 여럿 매달려 있는 것을 하교할 때 보았다. 굵은 마끈이 목에 감겨서, 마치 목을 매단 것처럼 까마귀가 축 늘어져 있었다. 왜 그런 짓을 하는지 짐작도 되지 않는다. 그 까마귀의 시체를 말없이 바라보고 있는데, 지붕이 있는 버스정류장에서 허리가 굽은 할머니가 지팡이를 짚고 나왔다. 그 띠지붕집의 할머니가 아니라 모르는 할머니였다. 할머니는 아유무에게 다가오더니, 손에 든 지팡이로 까마귀 시체를 가리키며 말을 했다.

"저 모양으로 까마귀 ××해서 ××어느 놈이 ××짓거리 ××하는지."

사투리가 심해서 무슨 말인지 거의 알아들을 수 없었다. 아유무는 미노루처럼 어색하게 웃기만 했다. 그러자 할머니는 말을 멈추었다. 그 주름투성이의 피부 속에 자리 잡은 이상하리만치 생기가 도는 눈동자로 아유무를 가만히 응시하고 있었다. 아유무는 으스스한 기분이 들어, 할머니를 무시하고 자전거 페달을 밟았다.

그날 한밤중에, 어디선가 들리는 코골이 소리에 잠이 깼다. 코골이는 아빠 방이 아니라 반대쪽의 동쪽 창밖에서 들려온다. 침대에서 몸을 일으켜 창밖을 내다봤더니 달도 별도 없는 한밤중이었다. 멀리 산기슭까지 논이 이어져 있다. 논 위에 밤하늘이 비쳐 짙은 감색으로 물들고, 논두렁은 어둠에 잠겨 있다. 논두렁의 어둠이 테두리가 되어, 직사각형의 밤하늘이 몇 장이나 깔려 있다. 그 밤하늘 어딘가로부터, 역시 낮은 신음소리 같은 코골이가 들려온다. 결국 그것이 무슨 소리인지는 알 수 없었다. 아유무는 다시 베개를 베지만, 직사각형의 밤하늘은 여전히 망막에 남아 있었고, 밤에 들리는 코골이 소리 역시 멈추지 않았다.

다음 날 아침, 그 코골이 소리의 정체가 밝혀졌다. 등교할 때 논의 볏잎 끝에 꿀벌들이 날아다니는 것을 보았다. 왜 꿀벌이 벼에 모이는 것일까, 자세히 보니 죽 늘어선 연두색 벼에, 무수히 많은 흰 꽃실 같은 것이 달려 있었다. 그것이 정말 꽃실이라면 꽃가루가 모여 있을 것이다. 아유무는 매일 쌀을 먹으면서도 쌀이 어떻게 생기는지는 전혀 몰랐다. 갑자기 논의 물속에서 어른 손바닥만 한 거대한 생물이 풀썩하고 논두렁으로 튀어나와 깜짝 놀랐다. 그 갈색 생물은 대낮의 태양빛 속에서 밤에나 할 코골이 소리를 내더니, 논두렁 가를 진흙으로 더럽히며 멀어져갔다.

산골짜기에 머무르던 열기는 북동풍에 쓸려갔다. 그 후로는 지내기 좋은 날이 계속되었다. 아키라가 다시 무슨 짓을 하지 않을까 걱정됐지만, 아무 일 없이 일상이 지나갔다. 적은 돈을 건 참새잡기는 몇 번쯤 했다. 평소처럼 미노루가 패자가 되고, 소다맛 아이스바를 사 온다. 아유무는 콘크리트 턱에 앉아 아이스바를 먹으면서, 왜 미노루가 아키라의 속임수를 의심하지 않는지 신기해했다. 이렇게나 노골적으로 승패가 좌우되는데도 의심을 품지 않는 걸까. 그때 손에 들고 있는 막대기에서 아이스바 덩어리가 떨어지는 바람에 콘크리트 위에서 녹아 검은 얼룩이 생겼다. 도구 창고의 함석벽 중간에서는 매미가 울다가 쉬다가를 반복하고 있었다. 이제 여름 방학이 다가오고 있었다.

또 다른 날 방과 후에 미노루네 아빠가 운영하는 정육점에 모두 들렀다. 가게는 상점가에서 약간 떨어진 삼거리에 있었다. 처마 위에 '다부치(田渕) 정육점'이라고 적힌 간판이 걸려 있다. 가게 앞 유리 케이스에는 삼겹살이며 다릿살이며 자투리 고기가 진열되어 있다. 그 케이스 너머에 조리용 흰 옷을 입은 여자의 모습이 보였다. 참관 수업 때 본 햇볕에 그을린 미노루네 엄마였다. 소고기 고로케를 인원수대로 주문한다. 미노루네 엄마는 민첩한 동작으로 종이봉투에 고로케를 차례로 넣는다. 가게 안쪽의 조리장에서는 비닐 앞치마를 하고 검은 장화를 신은 햇볕에 그을린 중년 남자가 슬라이서로 고기 덩어리를 자르고 있었다.

가게 앞의 보도블록에 앉아서 다 함께 고로케를 먹었다. 으깬 감자에 굵게 간 소고기가 듬뿍 들어 있었는데 정말 맛있었다. 후추가 잘 어우러지고, 살짝 버터 향도 난다. 미노루네 고로케는 언제 먹어도 맛있다며 아키라가 칭찬을 하자, 미노루는 쑥스럽게 웃었다. 그러나 그것은 참새잡기를 해서 아키라가 미노루에게 사게 한 고로케이기도 했다. 삼거리 갈림길에는 삼나무 전신주가 있다. 그 전신주 중간에서 어찌된 일인지 얼룩무늬 하늘소가 이리 갔다 저리 갔다 하고 있었다.

7월 중순에는 1학기 마지막 학교 행사인 현장 학습을 갔다. 학교에서 남쪽으로 몇 킬로미터 떨어진 곳에 있는 다목적 댐을 방문했다. 버스가 아니라 왜건을 타고 이동했는데, 한 대는 무로야 선생님, 한 대는 야나카 선생님,

한 대는 교장 선생님이 운전을 했다. 아키라와 아유무가 맨 앞에 서고 열세 명의 학생이 댐의 견학 코스를 돌았다. 곤노와 우치다가 댐 모형에 정신이 팔려 대열이 흐트러지자 아유무가 주의를 준다. 그러자 두 친구는 얼른 줄로 되돌아온다. 관리 직원이 간단한 설명을 덧붙여주었다.

이 댐은 1988년에 준공된 현내 최대 규모의 다목적 댐으로 저수량은 5,000만 세제곱미터가 넘습니다, 쓰가루 지방의 농업 용수와 수도 용수에 활용되고 있습니다. 직원이 한창 그런 설명을 하고 있을 때, 후지마가 나지막한 목소리로 "아울러 건설로 인해 마을 두 개가 가라앉았습니다"라고 히죽거리면서 덧붙였다. 그 후에 아이들은 둑몸 안의 검사공으로 이동했다. 갱도와 비슷한 어두컴컴한 통로였는데 공기가 선득하게 차가웠다.

"물 바닥에 가라앉은 마을은 행복할 거야."

옆에서 걷던 아키라가 말한다. 아유무는 고개를 갸웃거렸다.

"국고 보상금을 엄청 받았다더라고. 웬만하면 우리 마을도 댐 바닥에 가라앉혀줬으면 좋겠다."

"그래도 너희한테는 소중한 고향이잖아."

"목욕탕하고 연료가게하고, 논밭하고 사과밭밖에 없어. 소중한 고향 같은 소리."

아키라의 말이 어디까지 진심인지 아유무로서는 판단하기가 어려웠다. 그때 곤노와 우치다가 통로 옆의 수조에 정신이 팔려, 다시 대열이 무너지자 주의를 주었다. 역시 두 친구는 얼른 열로 되돌아왔다.

마지막으로 건물 밖으로 나와서 다 함께 댐마루를 견학했다. 직원이 알려준 저수량 5,000만 세제곱미터가 넘는 거대한 댐호가 한눈에 들어왔다. 댐호를 둘러싼 여름 산들은 선명한 초록색으로 뒤덮여 있었고, 초록빛 거대한 그림자가 수면에도 비치고 있다. 아유무는 그 흔들리는 수면 위의 산들을 바라보다가, 댐 바닥에 가라앉았다는 마을을 상상했다. 그 할머니가 사는 것 같은 여러 채의 띠지붕 민가가 그 모습 그대로 강물 바닥에 남아 있는, 그런 있지도 않는 광경을 머릿속에 그려보았다.

수면 위 산의 능선들을 작은 형체가 가로질러 갔다. 고개를 드니, 댐호 상공의 푸른 하늘에 흰 들새 한 마리가 날고 있었다. 그 흰 들새는 산기슭에 도착할 무렵에는 다시 형체가 되어 이윽고 깊은 초록빛 속으로 사라졌다.

7월 20일에 제3중학교는 방학식을 했다. 방학식에서 교장 선생님은 월트 디즈니를 인용하면서, 꿈을 갖는다는 것의 중요성을 말했다. 제3중학교가 폐교가 되는 것도 언급하며 이 학교는 60여 년 역사의 막을 내리지만 이제부터 보금자리를 떠나는 여러분은 선생님이 보기에는 꿈의 싹입니다, 그렇게 교장 선생님이 열정적으로 말하는데 아키라는 옆에서 졸린 듯 하품을 했다. 방학식 도중에 미노루가 표창을 받았다. 봄에 치과 검진을 했는데, 미노루는 충치가 하나도 없고 치열도 골라서, 학교치과의사회에서 선정하는 상을 받았다고 한다. 미노루는 쑥스럽게 웃으며 교장 선생님한테 표창장을 받아들었다. 아유무는 영구치에도 벌써 충치가 여러 개 있었다. 문득 세면대 앞에서 매일 열심히 이를 닦고 있는 미노루의 모습을 상상했다.

방학식이 끝난 후에 교실에서 통지표를 받았다. 아유무의 통지표에는 A와 B가 많았고 '행동발달상황'에서도 좋은 평가를 받았다. 아유무는 '공정·공평' 항목에서 항상 좋은 평가를 받았고, 그것은 이 중학교에서도 마찬가지였다. 선생님의 평가 의견은 이랬다. 이번 학기부터 새로 들어왔지만 친구들과 잘 어울려 교사로서 안심했습니다. 그 뛰어난 협조성은 사회에 나가서도 도움이 될 것입니다. 학습 의욕이 높고 전 교과목이 뛰어납니다. 책임감을 갖고 부회장의 역할을 완수했습니다. 다만 다소 적극성이 부족한 면이 있으니, 2학기에는 자신감을 갖고 더 적극적으로 학급 활동에 참여하길 바랍니다.

숙제 프린트와 문제지가 배포되고 정오에 학교가 끝났다. 7월 말에 시내에서 축제가 열리니까 그때 같이 놀자는 약속을 하고, 아이들과 헤어졌다. 정문 근처에서는 무로야 선생님과 야나카 선생님이 학생들을 배웅하고 있었다. 이때에 무로야 선생님이 아유무에게 말을 걸었다. 아키라하고는 잘 지내냐? 아유무는 그 질문의 의도를 알 수 없었다. 선생님이 직접 통지표에 잘 지내고 있다고 적지 않았는가. 그리고 왜 '아이들'이 아니라 '아키라'라고 콕 집어서 말한 것일까. 문득 작년에 이 학교에서 일어난 사건을 떠올렸다. 무로야 선생님은 아키라와 아키라네 엄마와 함께 미노루의 집에서 머리를 숙였던 사람 중 하나였다.

"조금 삐딱한 구석이 있지만, 아키라는 이 학교에서는 제일 좋은 친구예요."

아유무는 그렇게 말해본다. 그러자 무로야 선생님이 머리카락을 마구 쓰다듬었다. 아유무가 정색하고 흐트러진 머리를 정돈하자, 이번에는 선생님이 옆구리를 장난스럽게 찔렀다. 그래서 아유무도 마침내 웃음이 터졌다. 그 광경을 옆에서 보고 있던 야나카 선생님은 첩자끼리 싸운다며 웃고 있었다.

여름 방학이 시작되자 방학 숙제를 하면서 수험 공부에 착수했다. 제3중학교에 다니는 대부분의 아이들이 이 지역의 상업고등학교에 진학하지만, 아유무는 사이타마에 있는 공립고등학교에 입학 시험을 볼 예정이었다. 공부하다 지치면 창밖을 바라본다.

동쪽부터 경치를 따라가면, 중간에 그 밭터가 보인다. 서리와 마른 잎 투성이였던 그곳이 지금은 초록빛 초원이 되었다. 순무 잎은 모습을 감췄지만, 내년 봄에는 다시 그 유채꽃과 비슷한 꽃을 피울지도 모른다. 밭터를 지나면 삼나무 숲이 보이고, 마지막에 대각선 건너편의 헛간에 다다른다.

헛간은 엄마가 조금씩 정리를 해서 지금은 사람이 살 수 있을 만큼 정돈이 되어 있었다. 가끔씩 헛간 2층 창 너머로, 낮잠을 자는 엄마의 모습을 발견한다. 엄마는 냉방을 싫어하는데, 헛간은 여름에도 시원하다. 창틀이 만들어낸 네모난 양지 속에서 엄마는 방석을 베개 삼아 베고 옆으로 누워 자고 있다. 아빠가 전화로 들었다던 친척의 말을 떠올린다. 엄마가 헛간에서 낮잠을 자주어서, 타계한 친척 할아버지 할머니도 좋아하고 있을지 모른다. 그러고 보니 헛간도 좋아하고 있는 것처럼 보였다. 헛간을 떠받치는 삼나무 기둥의 불규칙한 나뭇결이 햇빛 속에서 웃고 있는 것처럼 보였다.

기분 전환으로 논을 따라 산책하는 일도 있었다. 논의 왼쪽은 구로모리 산(黑森山, 검은 숲의 산이라는 뜻-옮긴이)의 산기슭으로 이어진다. 정식 지명인지, 마을 사람들이 멋대로 부르는 이름인지 몰라도, 구로모리 산이라는 이름은 참 잘 지은 것 같다. 산은 마을 북서쪽에 위치하는데, 지형 때문인지 해가 기울 무렵에 일찌감치 어둠에 잠겨 거대한 그늘이 된다. 그늘은 마을을 내려다보듯 솟아서 그야말로 검은, 숲의, 산이었다.

황혼녘에 논두렁길을 걷고 있으면, 가끔씩 구로모리 산이 있는 방향에서 색깔이 묻은 듯한 미지근한 바람이 불어온다. 뺨이며 목덜미며 반팔 소매 밖으로 나온 팔이 그 저녁 바람의 색깔로 물드는 것 같은 느낌이 든다. 맨살이 간질간질한 것 같고, 가슴이 두근거리는 것 같고, 그러면서도 기분 좋은 묘한 기분이 든다. 꼭두서니빛의 산골, 논두렁의 여름 벌레와 개구리 소리, 흙과 진흙 냄새가 그런 착각을 일으킨다. 어쩌면 자신이 외지 사람이라서, 바람이 품고 있는 무엇인가에 민감한 것인지도 모른다. 이 지역의 사람들은 바람이 색채를 띠는 걸 당연하게 여길지도 모른다.

그 바람에다 '참새빛 바람'이라고 이름을 붙여본다. 그러자 바람이 약간 친근하게 느껴졌다. 참새빛 바람이라는 것은 아유무의 체감에 딱 맞는다. 그 말이 사전에 실려도 좋을 것 같은 생각이 들었다. 공부하다 쉬는 시간에, 무심코 국어사전을 찾아보다가 '참새빛 시간'이라는 단어를 발견했다. 황혼녘을 가리킨다고 한다. 그 말이 어느 시대에 생겼는지는 모르지만, 만난 적도 말을 한 적도 없는 옛날 사람이 황혼녘의 색을 보고 자신과 같은 감정을 느끼고, 자신과 같은 말을 한 것이 신기했다.

참새빛 바람이 부는 날이면 으레 검은 형체가 집 앞 정원을 불규칙한 움직임으로 날아다녔다. 그 형체의 모양으로 보아 그것이 박쥐라는 것을 알 수 있다. 그 형체는 2층 정도 되는 높이에서 날아다니는데, 가끔 머리 바로 위, 손을 뻗으면 닿을 듯한 곳까지 내려와서 저도 모르게 몸을 움츠리게 된다. 박쥐는 거의 눈이 보이지 않는다고 한다. 무슨 착오로 부딪히면 어쩌나 걱정이 되는데, 박쥐는 한참을 머리 위로 날아다니다가 헛간을 지나쳐 구로모리 산 방향으로 사라져간다.

어느 날 오후였다. 그날도 논두렁길을 산책하다가 논바닥 중간에 흙이 봉긋 솟은 부분을 발견했다. 초록빛 여름풀이 무성해서 작은 언덕을 이루고 있었다. 저절로 그렇게 된 것치고는 부자연스러운데다가, 경작을 해서 밭이나 논으로 쓸 수 있을 만한 곳이었다. 그 초록빛 언덕을 바라보고 있자, 논 속에서 잡초를 뽑던 농부가 그 주변은 예전부터 있던 둥근 무덤이라고 가르쳐주었다. 분명 언덕 기슭에 여름풀에 가려진 작은 비석이 서 있었다. 자세히 보니 돌기둥에는 비문과 연호가 새겨져 있다. 농부는 양손이 진흙으로 더러워서 위팔로 뺨의 땀을 닦더니, 그 주변에는 말이 떠돌고 있으니까 조심하라고 했다. 아유무가 고개를 갸웃거리니 조금 더 자세히 말해준다.

"무덤이나 사거리나 다리 같은 데 깃든 말에 귀를 기울이면 안 된다. 그러면 말이 사람을 조정하거든."

아유무는 무슨 뜻인지 이해가 되지 않았지만, 조금 생각한 후에 물었다.

"그게 말의 귀신같은 거예요?"

그러자 농부는 눈을 둥그렇게 뜨더니, 도시 아이는 똑똑하구나 하며 웃었다.

7월 말에는 시내에서 축제가 열렸다. 아무한테도 연락

이 없었다. 아유무는 2층 자기 방에서 세 시간 동안 각 과목의 기출 문제를 풀었다. 점수는 좋았지만 묘한 피로감을 느끼며 1층으로 내려왔다. 위패를 모시는 방에서 큰 대자로 누워 돗자리의 골풀 냄새를 맡으며 얕은 잠을 잤다. 잠에서 깼더니 엄마가 두고 갔는지 선풍기가 회전하며 바람을 보내주고 있었다. 멀리서 유지매미가 울고 있다. 정원 너머로 여름풀로 덮인 비탈을 실눈으로 바라보다가 다시 잠에 빠져들었다. 그날 저녁에 아빠가 퇴근하고 오더니 시내 축제에 가자고 했다. 집에서 공부를 하겠다고 했지만, 엄마한테 반 강제로 끌려나와 결국은 세 식구가 같이 시내로 갔다.

시내는 이미 소리로 넘쳐나고 있었다. 영차 영차 외치는 소리, 굵은 북소리, 금속성의 징소리, 피리 선율…… 이윽고 어둠 속에 장식수레가 나타나고, 그 위에는 일본 전통종이로 만든 거대한 무사 인형이 실려 있었다. 내부에 전구가 매달려 있는지, 무사 인형은 어스름한 어둠 속에서 눈부신 황금색을 내뿜고 있었다. 그 무사 인형이 지나가자, 또 다른 모양의 무사 인형이 나타나고, 다시 주위가 소리로 넘쳐난다. 축제 참가자 중에는 아유무보다 어린 아이들도 있었다. 유카타(목욕을 한 뒤, 또는 여름철에 입는 무명 홑옷으로 일본의 전통 의상-옮긴이)에 멜빵을 멘 아이들은 작은 손에 부채를 들고 춤추듯이 대열을 지어 거리를 누비고 있었다. 다른 지역에서도 보았던 오곡 풍작을 기원하는 축제인 줄 알았는데, 아빠 말로는 이 축제는 '졸음 씻기'에서 유래되었다고 했다.

"졸음 씻기?"

"북쪽 지방도 여름에는 덥잖아. 그러면 마을 사람들이 무더위에 잠이 부족해지겠지. 졸리다는 말은 여기 사투리로 '넨푸테'라거나 '네부테'(일본의 도호쿠 지방에서 열리는 축제의 이름이 '네부타 마쓰리'인데, 네부타의 어원을 설명하고 있다-옮긴이)라고 한대. 졸음을 쫓기 위해서 축제를 시작한 거지."

아빠는 의기양양하게 말했는데, 새 직장에서 대충 주워들은 지식인지도 모른다. 구경꾼 중에는 지역 주민 말고도 관광객이나 외국인도 있었다. 제3중학교 학생도 몇 명쯤은 와 있을 텐데, 붐비는 사람 속에서 아는 얼굴은 하나도 보이지 않았다.

도중에 아빠는 아유무에게 빙수를 사주었다. 그리고 엄마한테는 살구사탕을 사주었다. 그 살구사탕을 빨아먹으면서 엄마는 아빠 옆에서 살짝 뒤떨어져서 걷는다. 아빠는 가끔 돌아보면서 외갓집 이야기를 했다. 외갓집이 있는 시골 마을도 이 지방과 풍토가 비슷하다. 엄마는 고등학교를 졸업한 후에 상경해서 종합상사에 근무하다가, 스무 살 때 아빠와 사내 결혼을 했다. 아빠는 부모님과 사이가 나빠서 고등학교를 중퇴하고 상경했다가, 결국은 몇 년 뒤에 본가로 돌아가서 대입 검정고시를 치고, 대학에 진학하면서 다시 상경해서 졸업한 후에 종합상사에 취직했다. 몇 번쯤 들은 적이 있는 그 이야기 중간에, 아빠는 아유무를 내려다보며 말했다.

"그런데 내가 열다섯 살 때는 내가 생각해도 사춘기가 심하게 왔는데, 아유무 너는 사춘기가 없나 보네."

"요새 애들은 반 정도만 사춘기를 겪는다고 전에 다니던 학교 선생님이 그랬어요. 사춘기를 겪는 애들이 해마다 줄고 있대요."

"그래? 그럼 사춘기란 말도 조만간 없어지려나."

엄마가 금붕어 잡기를 하고 싶다고 해서 다시 야시장에 들렀다. 그물 대신 쓰는 엄마의 모나카 껍질은 금방 찢어졌는데, 아유무는 흰색과 붉은색이 섞인 금붕어를 세 마리 낚았다. 노점 아저씨가 얼른 금붕어를 넣을 비닐봉투를 준비했지만, 가져가도 금방 죽어버릴 것 같아서 수조에 다시 넣어주었다. 금붕어 세 마리는 붉은 꼬리지느러미를 흔들며 물속을 헤엄쳐갔고, 금세 다른 금붕어에 섞여들어 구분할 수 없게 되었다.

8월 6일에 아유무는 만으로 열다섯 살 생일을 맞았다. 아빠한테 선물로 쿼츠 손목시계를 받았다. 아빠는 출근하기 전에, 정장으로 갈아입고 넥타이를 맨 다음에 마지막으로 왼손 손목에 은색 쿼츠 시계를 찬다. 손목시계가 갖고 싶었다기보다, 손목시계를 차는 행위를 해보고 싶었다. 엄마는 홍차 시폰케이크를 만들어주었다. 아유무는 어릴 때부터 생크림과 블루베리 잼을 곁들인 그 케이크를 좋아했는데, 중학교에 올라간 후에는 왜 그런지 엄마는 집에서 베이킹을 잘 하지 않았다. 그래서 엄마가 생일 선물로 뭘 갖고 싶은지 물었을 때, 아유무는 홍차 시폰케이크가 먹고 싶다고 했다. 그러자 엄마는 눈을 동그랗게 뜨고서 혼자서 고개를 끄덕거리더니 갑자기 부엌으로 사라졌다.

언젠가 띠지붕집 할머니에게 대충 했던 말이었지만, 열다섯 살이면 이미 어린애가 아니라고 생각했다. 사회 시간에 배웠는데 옛날 같으면 관례를 치르고 성인이 되어도 전혀 이상할 게 없다. 아빠와 똑같이 왼손에 쿼츠 손목시계를 차고 나니, 실제로 자신이 어른이 된 것 같은 기분이 들었다. 그러나 전신거울에는 아무리 봐도 소년이라고밖에 할 수 없는 가냘프고 앳된 얼굴의 자신의 모습이 비친다. 머리카락을 쥐어보고는 머리가 너무 많이 자라서 어려 보이는 것인지도 모르겠다고 생각했다.

오봉(盆, 매년 양력 8월 15일을 중심으로 지내는 일본 최대의 명절-옮긴이) 연휴를 앞두고, 몇 개월 만에 이발소를 찾았다. 자전거로 30분 걸리는 곳에 1955년부터 영업을 하고 있는 이발소가 있다. 이층집 건물의 1층에 '고바야시 이발소'라 적힌 녹슨 간판이 있고, 가게 앞에는 그 빨강

하양 파랑 선이 돌아가는 입간판이 서 있다. 입구 유리문을 열자, 좁은 대기 장소에 놓인 가죽 소파에 미노루가 앉아 있었다. 3학년생 남학생 여섯 명은 모두 이 이발소에 다닌다.

아유무는 약간 거리를 두고 미노루와 같은 소파에 앉았다. 여전히 미노루와는 얘기를 나눈 적이 거의 없다. 그러나 좁은 소파에 단둘이 앉으니 뭐라도 이야기를 할 수밖에 없었다. 앞 손님의 커트 상황을 살핀다. 수염을 기른 이발소 주인이 중년 남자 손님의 머리 주위에서 가위를 부지런히 움직이고 있다. 아직 시간이 걸릴 것 같다.

"미노루, 너도 항상 이 이발소에 오니?"

"응."

"방학 숙제는 잘 돼가?"

"응."

"수험 공부는 하니?"

"전혀."

자신이 모처럼 대화를 이어가려고 하는데, 무뚝뚝한 대답밖에 돌아오지 않자 아유무는 이야기를 멈췄다. 원래 그 아이는 어색한 웃음을 짓기만 할 뿐 말수가 적었다. 유리 테이블에는 작은 소쿠리가 놓여 있었고 그 안에 우유맛 사탕이 들어 있었다. 미노루는 그 사탕을 입 안에 넣고 굴리고 있었다. 아유무는 다시 손님의 커트 상황을 확인한다. 위로 누운 손님의 얼굴에는 하얀 스팀타올이 올려져 있었다. 그 옆에서 이발소 주인은 브러시로 면도용 가루비누에 거품을 내고 있다.

"그 접이식 칼 말인데."

"응?"

"소유권이 누구한테 있느냐면 말이야, 훔친 게 나야. 내 공이 크다고 생각해. 그러니까 그 칼 말이야, 남은 반년 동안만 내가 갖고 있으면 안 돼?"

그 아이가 무슨 얘기를 하는 건지 알 수 없었다. 기억을 더듬어보고 나서야, 겨우 지난봄 도둑질한 날에 대한 얘기를 한다는 것을 알았다. 그 칼은 한 번도 손댄 적 없이 방 서랍에 들어 있다. 아유무로서는 칼을 갖고 있고 싶지도 않았고, 부모님한테 들키면 골치 아파진다. 미노루의 제안은 오히려 고마웠다. 미노루는 입 속에서 사탕을 굴리면서 연신 손끝으로 이마를 문질렀다. 가게 안은 냉방이 잘되지 않아서, 그의 이마에는 작은 땀방울이 송골송골 맺혀 있었다. 사선 방향으로 뻗은 흰 흉터 주위에도 땀방울이 솟아나고 있었다. 미노루의 입 안에서 우유맛 사탕이 충치 하나 없는 이에 닿아 달그락 소리가 난다. 아유무는 괜스레 짜증이 났다.

"미안하지만, 너는 참새잡기에 져서 도둑질을 했고 나는 참새잡기에 이겨서 소유권을 가진 거잖아. 그 칼은 정당한 이유로 내 물건이 된 거니까 너한테 줄 수는 없어."

그러자 미노루는 팔자 눈썹을 약간 치켜 올리며 눈을 동그랗게 떴다. 그 눈동자를 안정감 없이 좌우로 움직이더니, 고개를 숙이고는 완전히 침묵해버렸다. 그 몸짓을 보고 괜히 나쁜 짓을 한 것 같은 느낌도 들었지만, 그래도 틀린 말을 하지는 않았다. 부정행위로 얻은 칼인지 몰라도, 부정행위를 한 건 아키라이고, 그렇다면 칼을 소유하게 한 것도 아키라다. 그리고 아키라가 미노루에게 주지 않은 칼을 미노루가 갖고 싶어 하는 것도 어쩐지 신경이 쓰인다. 성가신 일은 질색이다. 아유무는 얼마 남지 않은 중학 생활을 평온하게 보내고 아무 일 없이 이곳에서 떠나고 싶었다. 고등학교에 입학하고 반년만 지나면, 어차피 그들도 철새 같은 전학생에 대해서는 잊어버릴 것이다.

이발소 주인은 섬세하게 가위를 움직여 앞 손님을 마무리하고 있다. 아유무도 우유맛 사탕을 입에 집어넣고 혀 위에서 굴렸다. 아무래도 말이 지나쳤다는 느낌이 들어서 넌지시 다시 말을 걸었다.

"너네 집은 예전부터 마을에서 정육점을 했어?"

미노루는 드디어 고개를 들더니 대답했다.

"할아버지가 2차 대전 후에 창업을 하고 아빠가 나중에 이어받았어. 아마 앞으로도 계속할 거야."

"나는 말이야. 한 군데 정착한 적이 없어서, 그런 생활이 부러워."

"아유무, 너는 봄에 다시 이사 가냐?"

"아마."

"좀 서운하다."

아유무는 조금 더 대화를 나누려고 했지만, 앞 손님이 문의 종소리를 내며 문밖으로 나가고 미노루의 이름이 불렸다. 미노루는 소파에서 일어나 이발 의자로 향했다. 아유무는 우유맛 사탕을 혀 위에서 녹이며 생각하고 있었다. 미노루 입장에서 보면, 자신은 폭력을 휘두르지도 않았고, 비웃지도 않는 유일하게 대등하게 대화할 수 있는 반 친구였을지도 모른다. 그리고 자신은 지금까지 미노루를 어딘가 냉정하게 대하고 있었다. 소파 등받이에 몸을 파묻으니 이발 의자 앞의 거울이 보였다. 거울에는 나일론천을 목에 두른 미노루의 모습이 약간 흐릿하게 비치고 있었다.

다음 날 오후에 강변에 있는 공중목욕탕을 찾았다. 요즈음 산책과 목욕이 거의 일과가 되었다. 이곳에 오기 전에는 산책이나 목욕에 관심이 없었는데, 몸을 천천히 움직이는 것도 넓은 욕탕에 느긋하게 몸을 담그는 것도 상당히 기분 좋은 일이었다. 무인 목욕탕이라서 목욕비를 지불하지 않아도 아무도 뭐라고 하지는 않겠지만, 엄마는 꼬박꼬박 매번 200엔을 아유무에게 주었다. 100엔은 커피우유 값이었다.

목욕탕에서 돌아오는 길에 다시 띠지붕집의 할머니에

게 붙잡혔다. 또 간식이 있으니까 먹고 가라고 한다. 이로리 앞에 앉자 노파는 부젓가락을 재 속에 쑤셔 넣었다. 재 속에서는 둥글고 넙적한 빵 같은 것이 나왔다. 재를 털고 베어 무니 빵의 소로 순무와 고기된장볶음이 들어 있었다. 빈속이라 그랬는지 순식간에 다 먹어 치웠다.

할머니는 대나무통에 든 감주를 잔에 따른다. 감주를 마시자 역시 취한 기분이 든다. 할머니는 다시 부젓가락을 재 속에 쑤셔 넣었다가 새로 둥글고 넙적한 빵을 꺼낸다. 재를 털고 베어 물자, 이번에는 달콤한 커스터드 크림이 들어 있었다. 할머니는 문득 창밖으로 시선을 돌린 후에 공기의 흐름을 읽듯이 허공을 응시하다가, 다시 부젓가락으로 숯을 조정하면서 말했다.

"올해는 풍작이 들 것 같은데, 그래도 너무 지나치게 풍작이 들어서 '육발이'가 냄새를 맡지 않아야 할 텐데."

"육발이요?"

커스터드 빵을 한손에 들고 되물으니, 할머니는 육발이에 대해서 말해주었다. 사투리 때문에 못 알아듣는 부분도 있었지만, 대략 다음과 같은 이야기였다.

수백 년 전에 크게 풍작이 들었던 어느 해의 수확기에 구로모리 산을 넘어서 엄청나게 많은 초록색 곤충이 날아왔다. 생긴 것은 메뚜기인데, 메뚜기는 그렇게 장거리를 비행할 수 없다. 형태도 약간 달랐다. 암록색의 곤충은 머리와 날개가 크고 뒷다리는 짧았다. 즉 메뚜기처럼 생겼지만 메뚜기는 아닌 어두운, 초록색의, 벌레였다. 그 엄청나게 많은 벌레의 검은 그림자 때문에 해가 흐릿해 보일 정도였다. 마을 사람들이 총동원돼서 벌레를 잡았지만, 사람 손으로 어떻게 할 수 있는 숫자가 아니었다. 사람 손으로 어떻게 할 수 있는 생물로도 보이지 않았다. 벌레는 수확하기 전의 이삭을 먹어 치우고, 채소를 먹어 치우고, 가축으로 키우는 닭을 먹고, 문의 창호지까지 먹었다. 사람 아이까지 먹었다는 이야기였다. 기아로 인해 그 해에 마을에서는 사람이 여럿 죽었다. 이때 생긴 무덤이 마을 서쪽의 논 근처에 있다. 사람들은 그걸 '메뚜기 무덤'이라고 부른다. 육발이는 은어이고, 벌레의 진짜 이름은 아니다.

사람들은 그 이름을 입에 담으면 말이 힘을 갖게 되고 그 벌레를 불러 모은다고 믿었다. 이윽고 벌레 이름은 이

마을에서 금기가 되었다. 아유무는 할머니의 이야기를 들으면서, 선생님이 잡담으로 해주던 일종의 동화 같은 이야기라고 생각했다.

"그 후로 조각배는 배가 되고 등롱은 돛이 됐지."

"네?"

"불길한 말을 태워서, 마을 밖으로 흘려보내는 거란다."

띠지붕집에서 나오자, 벌써 해가 떨어지고 있었다. 구로모리 산은 검은 숲의 산으로 바뀌어 칠흑 같은 형체로 솟아 있었다. 밤은 거기서부터 시작되는 것이다. 그때 참새빛 바람 속에, 은은하게 향 태우는 냄새가 섞여 있는 것을 알아차렸다. 강으로 이어지는 집집마다 문간에서 겨릅대가 타고 있었다. 멀리서 보면 그것은 일몰 후의 어스름한 어둠 속에서 꺼져가는 여러 개의 촛불 등잔처럼 비쳤다.

스님 스님, 어서 오세요. 들어와서 마시고 가셔요. 스님 스님, 어서 오세요. 들어와서 과자 들고 가셔요. 어디서 들리는지도 모르게 울려 퍼지는 민요 같은 억양에 실린 목소리를 들으면서, 집으로 이어지는 비탈길을 올라갔다. 자신의 발소리가 아까까지와 조금 다르게 울리는 느낌이 들었다. 이윽고 비탈길 위에 집 현관의 불빛이 보이기 시작한다. 현관 앞에 매달린 갓 없는 전구 주위에는 나방이 바쁘게 날갯짓을 하고 있었다.

다음 날부터 아빠 회사도 오봉 연휴에 들어갔다. 아빠는 모처럼 연휴도 됐으니까 인근 도시의 놀이공원에라도 다녀오자고 했지만, 아유무는 어디든 붐빌 거라서 싫다고 했다. 아무래도 아빠는 수험생의 여름을 이해하지 못하는 것 같다. 엄마까지 헛간에서 깃털공채(신년에 즐기는 제기 비슷한 놀이 기구로 '하고'라는 깃털공을 치는 나무채이다-옮긴이)를 발견했다며 깃털공치기를 하자고 했다. 앞마당에서도 할 수 있으니까 같이 하기로 했다. 통통거리며 기분 좋은 소리를 내면서, 햇살 속을 좌우로 깃털공이 날아다닌다. 설날에 하는 놀이를 오봉에 하는 것이 이상하게 느껴졌다.

엄마는 마지막으로 깃털공 튕기기를 하자고 했다. 혼자서 깃털공을 몇 번이나 쳐올릴 수 있는지 겨루는 것이라고 한다. 그런 건 자신 있다며 처음에 아빠가 도전했지만, 몇 번 못 치고 앞으로 튕겨나갔다. 그 공을 무리하게 잡으려다 그만 허리를 다친 아빠는 얼굴을 찌푸리면서 허리를 툭툭 치며 툇마루에 앉았다. 다음으로 엄마가 도전했다. 엄마는 깃털공을 칠 때마다 어두컴컴한 언덕길에서 들었던 목소리와 비슷하게 억양이 있는 기합 소리를 냈다.

하나, 둘, 셋 하면 새색시가 거울을 본다고, 넷 하면 냇가에서 빨래를 빤다고, 다섯 하면 다람쥐가 알밤을 깐다고, 여섯하면 여학생이 공부를 한다고, 일곱 하면 일꾼들이 나무를 벤다고, 여덟 하면 엿장수가 엿을 판다고, 아홉 하면 아버지가 신문을 본다고, 열하면 열무장수 열무를 판다고 잘잘잘.

엄마의 말을 다시 한 번 머릿속에서 더듬어보고는, 그것이 숫자 노래라는 걸 알았다. 역시 몇 번 못 치고 깃털공이 앞으로 튕겨 나갔다. 그것을 억지로 잡으려고 깃털공을 세게 되받아친다. 깃털공은 상공으로 높이 올라간 후에, 포물선을 그리며 서쪽으로 날아가서 헛간 옆의 삼나무 잎 속에 묻혔다. 엄마와 아유무는 깃털공이 사라진

곳을 쳐다보았다.

"안 내려오네."

한참 기다려보았지만 깃털공은 떨어지지 않는다. 아유무가 돌멩이를 두세 개 던져보았지만, 떨어지는 것은 자신이 던진 돌멩이뿐이었다. 나뭇가지와 나뭇가지 틈에 낀 건지도 모른다. 그 모습을 마루에서 보고 있던 아빠는 '갈 때는 쉽게 가도 올 때는 힘들다네'라는 노래 가사를 중얼거리면서, 손을 뒤로 돌려 허리를 두드리며 거실로 들어갔다. 엄마와 아유무는 조금 더 삼나무 가지와 잎을 쳐다보다가, 결국은 포기하고 집으로 들어갔다.

그 후에 아빠는 거실에 눕더니 코를 골았다. 땀을 흘린 아유무는 비탈길을 내려와 공중목욕탕으로 갔다. 오봉 연휴인데도 목욕탕에 손님이 없고, 욕탕에는 물이 나오는 구멍에서 떨어지는 더운 물 소리만이 울리고 있었다. 그다지 넓지 않은 욕탕에서 발차기 같은 걸 하며 놀았다. 그때 유리문을 열고 손님이 새로 들어와서, 얼른 욕조 바닥에 엉덩이를 댔다.

"뭐야, 아유무 너도 와 있었네."

들어온 사람은 아키라였다. 작은 수건 한 장을 손에 들고, 당연한 일이지만 알몸이었다. 아키라는 소년에서 청년이 되려는 그 과정의 몸집을 갖고 있었다. 골격이 성장하고, 가슴팍은 더 두꺼워지고, 필요한 곳에 필요한 근육이 붙어 있다. 그것은 열다섯 소년의 이상적인 신체로 보였다. 아유무는 갑자기 자신의 빈약한 몸이 부끄러워져서, 어깨까지 욕조에 담갔다. 아키라는 그러는 아유무 바로 옆에 앉는다. 두 사람 다 말이 없었다. 물소리만이 울린다. 생각해보면 항상 무리를 지어 다녀서, 이렇게 단둘이 있는 건 개학식 날 이후로 처음인 것 같다.

"시내 축제에는 갔었어?"

"아니, 재미없게 종이 인형을 봐서 뭐해. 여기 풍습은 보러 갈 거지?"

"여기 풍습?"

"뭐냐, 그런 것도 모르냐?"

이 말에 부아가 치밀었다. 척척박사라거나 박학다식하다는 말은 자주 들었지만, 무식하다는 소리를 들은 것은 처음이었다. 욕조에서 나오려고 했지만, 자신의 빈약한 나체를 노출하는 것도 짜증스러웠다. 아키라는 목욕탕 물을 손끝으로 튕기면서, 강에 불을 띄워 보내는 거라며 이야기를 시작했다. 급류 속으로 마을 청년이 세 척의 갈대배를 끌고 간다. 갈대배의 돛대에는 불이 붙여져 있다. 위험한 작업이기에 더욱 영광스러운 자리이기도 하다. 왕족과 호족 일족이 함께 쓰가루로 도망 와서 구로모리 산을 넘어 이곳에 정착한 후에 이윽고 마을을 이루었다. 풍습은 그 무렵부터 600년 이상 계속되고 있다. 그러니까 이곳 사람들은 들일만 하고 있지만 사실은 유서 깊은 핏줄이란 말이지, 아키라가 많은 말을 했지만 아유무의 귀에는 거의 들어오지가 않았다.

그때 다른 손님이 유리문을 열고 욕실로 들어왔다. 다섯 살 남짓한 사내아이였다. 그 아이는 아유무와 아키라를 본 후에, 불안한 걸음걸이로 욕탕으로 다가왔다. 대야로 발을 씻은 후에, 아키라의 옆에 앉았다. 그래서 아유무, 아키라, 사내아이는 나란히 욕탕에 몸을 담그고 있는 모양새가 되었다. 수증기 너머로 보이는 아키라와 사내아이의 옆얼굴을 보고, 아유무는 참관 수업 날에 본 피부가 하얗던 아키라네 엄마의 모습이 생각났다.

사내아이는 더워졌는지, 바로 욕탕에서 일어나 몸 씻는 곳에서 비누 거품을 내기 시작했다. 사내아이의 몸은 손끝에서 발끝까지 살이 많아 통통했다. 머리를 감는데 정수리에만 거품이 있고 뒷머리는 전혀 씻기지가 않는다. 아키라는 욕탕에서 일어나 남자아이의 옆에 앉더니 손바닥으로 샴푸 거품을 낸다. 남자아이의 이마 위, 귀 뒤, 뒷머리를 씻겨준다. 아유무가 앉은 자리에서 그 광경이 바로 정면으로 보였다. 왜 그랬는지 몰라도, 아유무는 욕탕 속에서 연신 허벅지 안쪽을 주무르고 있었다.

아키라가 거품을 씻어주자, 사내아이는 온몸을 이리저리 좌우로 흔들었다. 사내아이는 동그란 눈으로 아키라를 쳐다본다. 뭔가 한두 마디를 한 후에, 남자아이는 유리문을 열고 목욕탕에서 나갔다. 그 후에 아키라도 재빨리 몸과 머리를 씻고 목욕탕에서 나왔다. 아유무는 욕탕에서 나오니, 몸에 열기가 너무 올랐는지 가벼운 현기증을 느꼈다.

몸을 씻고 목욕탕을 나가자 탈의실에서는 아키라가 등

나무 의자에 앉아 선풍기 바람을 쐬면서 우유를 마시고 있었다. 사내아이의 모습은 안 보인다. 여탕에 와 있던 엄마와 집에 갔을지도 모른다. 옷을 입은 후에 아유무도 커피우유를 마셨다. 그러고 나서 밖으로 나와, 두 사람은 강을 따라 이어진 길을 걸었다. 그것은 아유무의 집과는 반대 방향이었는데, 더운 머리를 식히기에는 딱 좋았다. 강물은 봄에 보았을 때보다 상당히 빠르게 흐르고 있었다. 거대한 바위 사이를 누비듯이 하얀 물보라를 일으키면서 물이 흘러간다. 건너편 둑의 산비탈에는 여름풀이 울창하게 수풀을 이루고 관목도 교목도 나뭇가지와 잎이 길게 자라, 초록색이 겹겹이 쌓여 하나의 산을 만들어내고 있었다.

두 사람은 강변길을 동구 밖까지 걸었다. 다리 중간에서 발걸음을 멈추고 난간에서 강의 상류를 보면서 소소한 이야기를 나누었다. 예를 들면 좋아하는 만화 이야기도 하고, 좋아하는 음악 이야기도 하고, 좋아하는 연예인 이야기도 했다. 근데 여배우 중에서 후카다 교코가 제일 예쁜 것 같다며 아키라가 말했을 때는 무심코 웃음이 새어

나왔다. 친구끼리 나누는 평범한 대화를 벌써 몇 년이나 하지 않았던 것 같았다. 그래서였는지도 모른다. 아니면 목욕을 끝내고 나왔을 때의 시원함 때문이었는지도 모른다. 난간에 턱을 괴고 있는 아키라에게 말을 꺼냈다.

"2학년 때에 네가 미노루를 때렸다는 얘기를 들었어."

"후지마가 입을 놀린 거냐?"

"우리 반 여자애들한테 들었어."

"뭐 별로 숨길 일도 아니야. 그 일로 난리가 났지."

"왜 그랬어?"

"미노루가 모욕감을 줘서, 내가 인권침해를 당했거든. 한 번도 아니고 세 번이나."

"미노루가 그럴 리가?"

"미노루한테 매점에서 콜라를 사오라고 했는데, 싫다고 하더라고. 그래서 손바닥으로 때렸어. 그래도 시키는 대로 안 해서 주먹으로 때렸어. 그래도 시키는 대로 안 해서 철망으로 내리쳤지."

아키라는 태연하게 말했지만, 아유무는 무슨 소리인지 이해할 수 없었다. 오히려 인권침해를 당한 사람은 미노루가 아닌가. 아키라는 난간 밖으로 양손을 내밀어 덜렁거리고 있었는데, 한순간 고개를 들고 아는 척했다.

"벌써 준비를 하시네요."

마을 사람들이 사다리를 사용해서 강가의 전신주에서 전신주로 등롱을 동여매고 있었다.

돌아오는 길에 두 사람은 다리의 난간기둥 근처에 박혀 있는 침엽수 말뚝에서 매미 유충을 발견했다. 유충은 성충이 되려고 하는 중이었다. 유충의 갈색 몸이 수축과 팽창을 반복하다가, 이윽고 등이 일자로 찢어지고 안에서 형광색 성충이 옷을 벗듯이 밀려나온다. 두 사람은 발길을 멈추고 매미를 들여다보며 웅크리고는, 소년의 눈으로 그 한순간을 보려고 했다. 7년 동안 땅속에서 지내다가 지상으로 올라와 성충으로 변화하려는 그 순간이었다.

이윽고 성충의 안쪽에서 부드러운 에메랄드빛 날개가 말려 올라간다. 그 두 장의 얇은 날개를 펼치려고 하는 순간에 성충은 움직임을 멈추었다. 어느 순간에 매미는 꽃을 피우듯 그 얇은 날개를 활짝 펼칠 것이다. 아유무는 그 한순간을 놓치지 않기 위해서 눈도 깜박이지 않았다. 그러나 어찌된 셈인지, 성충은 껍질에서 몸의 반을 드러낸 상태로 전혀 움직이지 않는다. 박동을 하던 몸통도 숨이 끊어진 듯 마지막으로 떨리더니 완전히 멈췄다. 두 사람은 그 후에도 오랫동안, 매미가 날개를 펴는 찰나를 기다렸다. 두 개의 팥빛 겹눈이 더 이상 아무것도 보고 있지 않다는 것을 아유무는 알 수 있었다.

옆을 보니, 아키라의 눈은 더 이상 소년의 눈이 아니었다. 눈썹 끝을 모으고 입술을 굳게 다물고, 그 길쭉한 눈 속의 눈동자에는 어두운 그늘과 불의 열기가 동시에 깃들어 있었다. 아키라는 오른손으로 매미를 말뚝에서 잡아떼더니 혼자서 다리 위를 걸어갔다. 그리고 다리 한가운데 도착하자 난간 너머로 오른손을 뻗고 손바닥을 폈다.

매미는 아유무가 서 있는 위치에서는 묘하게 천천히 떨어져가는 것처럼 보였다. 도중에서 휙 날아오르는 것이 아닐까 하는 생각이 들 정도였다. 이윽고 그 유충이라고도 성충이라고도 할 수 없는 생물의 시체는 약간의 물보라와 파문을 남기고 수면 너머로 사라졌다.

*

떠지붕집 처마 밑에서 할머니가 접시에 담은 겨릅대를 태우고 있었다. 오전의 눈부신 햇빛 속에서 불꽃이 흔들리고 있다. 근처에 채소 장식이 있다. 오이로 만든 말과, 가지로 만든 소(오봉에 오이로 만든 말과 가지로 만든 소를 장식하는 것은 조상의 영혼이 말처럼 빨리 오기를, 영혼이 소처럼 천천히 머무르기를 기원하는 의미이다-옮긴이)는 다른 지방에서도 보았기 때문에, 아유무도 그 장식에 무슨 의미가 있는지 알았다. 이제 오봉이 끝났으니, 접시의 불꽃은 배웅불(送り火, 오봉에 저승으로 돌아가는 조상의 영혼을 배웅하는 의미로 피우는 불-옮긴이)일 것이다. 배웅불은 보통 저녁때 태우는데, 한참 전부터 생각했지만 그 할머니는 조금 치매기가 있는지도 모르겠다. 겨릅대는 불에 타서 줄어들어 숯이 되고, 흔들리는 불꽃에서 흔들리는 연기가 일고, 주위에도 향 같은 냄새가 떠돈다. 그 대낮의 배웅불을 곁눈으로 보면서, 삼나무 숲 비탈길을 올라갔다.

비탈길 중간에 엄마의 모습이 보였다. 할머니한테 우물

에서 차게 한 수박을 얻었다고 한다. 엄마는 수박을 좋아하지 않는다. 채소인지 과일인지 알 수 없는 맛이 별로라고 한다. 그래도 엄마는 아기를 안듯이 두 팔로 그 수박을 안고 있었다. 집에 도착하자마자 얼른 수박을 잘랐다. 아빠는 쇼핑을 가고 없었다. 아유무는 마루에 앉아 소금을 살짝 뿌려 수박을 베어 물었다. 차갑고 물기가 많은 수박이었다. 씨는 그대로 마당에 뱉었다. 과즙과 침에 젖은 검은 알맹이가 초록빛 풀 속에서 햇빛을 받고 있었다.

수박 껍질을 한 손에 들고 거실로 올라가려고 했을 때, 푸르르 날갯짓 소리를 내면서 머리 위로 매미가 지나갔다. 매미는 한참 실내를 이리저리 왔다 갔다 한 후에, 방충망에 앉더니 거기서 소란스럽게 울기 시작했다. 매미는 그곳이 방충망 안쪽이라는 것을 알지 못한다. 곤충을 무서워하는 아유무는 매미를 내버려두었다. 문밖에서는 엄마가 알루미늄 바가지를 한 손에 들고 물을 뿌리고 있었다. 그 바가지는 양철 양동이와 함께 헛간에서 발견했다. 처마 밑의 콘크리트를 적신 물은 금방 증발했고 조금도 시원해지지 않았다.

엄마가 거실에 들어오다가 집 안에서 울고 있는 매미를 알아차린다. 한바탕 다 울었을 때, 엄마는 매미를 꽉 잡고 방충망을 열고 밖으로 풀어주었다.

"이런 데서 울지 말고, 암컷 매미가 있는 곳으로 가렴."

매미는 인사처럼 지직거리는 울음소리를 내고는 햇살 속으로 날아올랐다.

정오가 지났을 즈음에 전화벨이 울렸다. 가족끼리 한창 국수를 먹고 있을 때였다. 아빠가 전화를 받더니 아키라라는데, 하며 알려준다. 아유무는 얼른 국수를 삼키고는 수화기를 입가에 댔다. 다 같이 시내에 있는 노래방에 가는데 함께 가자고 했다. 아유무가 주저하면서 전화 내용을 가족에게 말하자, 엄마는 밝은 목소리로 용돈을 줄 테니 다녀오라고 했다.

아유무는 지금까지 노래방에 간 적이 없다. 약속 시간까지 시간이 조금 남아서 방에서 몇 개 없는 CD를 틀어놓고 가사를 보면서 노래 연습을 했다. 너무 노래를 못하면 창피하다. 그러고는 아키라와 미노루가 마이크를 쥐고

유행하는 가요를 부르는 모습을 상상하는데 무심코 웃음이 새어나왔다.

1시가 지나서 집을 나와, 자전거로 약속 장소인 초등학교로 갔다. 그 초등학교는 마을 서쪽의 국도와 강이 교차하는 부근에 있었다. 아키라와 미노루의 모교이기도 한데 지금은 폐교가 되었다. 국도는 완만한 내리막이라서 페달을 밟지 않고 자전거를 미끄러뜨렸다. 차의 왕래가 없고 보행자도 보이지 않는다. 오른쪽에는 산의 능선이 이어지고, 여기저기에서 유지매미 울음소리가 울려온다.

왼쪽 논은 언젠가 아유무가 상상했던 것처럼, 잘 영근 이삭이 무거운 고개를 숙이고 황금빛 초원이 되어 있었다. 이제 아무 때나 수확을 해도 될 것처럼 보였다. 그 광대한 황금빛 물결 중간에 밀짚모자를 쓰고 목에 흰 수건을 걸친 농부가 보였다. 우두커니 혼자서 말없이 김매기를 하고 있었다. 농부의 모습이 뒤로 지나쳐가자, 아유무는 다시 페달을 밟았다. 의외로, 자신의 가슴이 고동치고 있다는 것을 깨달았다.

국도에서 벗어나 비탈길을 내려가니, 이윽고 2층짜리

목조 건물인 학교가 보이기 시작한다. 약속 장소인 건물 뒤쪽 주차장에는 이미 후지마와 곤노와 우치다가 와 있었다. 사복 차림의 그들을 보는 것은 처음이었다. 후지마는 화려한 깅엄체크 셔츠를 입고 있었고, 곤노는 로고가 들어간 양키즈 야구모자를 쓰고 있었다. 심지어 우치다는 직접 자른 것 같은 데님 반바지를 입고 있었다. 세 명의 모습을 보고, 다시 웃음이 새어나올 것 같았다. 그런데 그때 건물 처마 밑 그늘 속에 작업복을 입은 낯선 남자가 앉아 있는 것을 알아차렸다.

아직 자전거에 올라타고 있는 아유무 곁으로, 남자가 천천히 다가온다. 다가오면서 입에 물고 있던 짧은 담배를 던졌다. 담배는 아스팔트 위에서 한순간 붉은 불꽃을 뿌렸다. 후지마와 아이들은 말없이 그 자리에서 우뚝 서 있다. 아키라와 미노루의 모습은 보이지 않는다. 작업복 차림의 남자가 눈앞까지 오자 담배와 도료가 섞인 냄새가 코를 찔렀다.

"너 누구야, 처음 보는 얼굴인데."

"도쿄에서 이사 온 지 얼마 안 됐어요."

"도쿄에서 왔다고? 도시 따라지구나?"

남자는 입술을 일그러뜨리며 새 담배에 불을 붙였다. 이게 다 모인 거냐며 후지마에게 묻는다. 후지마가 상기된 목소리로 그렇다고 대답한다. 그리고 작업복 입은 남자가 앞장을 서고 줄지어 강으로 이동하기 시작했다. 그 매미가 허물 벗는 걸 보았던 말뚝을 지나, 다리를 건넌다. 난간의 검은 쇠기둥이 햇빛을 날카롭게 튕겨내고 있다. 문득 둥근 무덤 근처 논에서 본 농부의 조언을 떠올린다. 하지만 다리에 말 같은 건 떠돌고 있지 않았다. 다만 노란 햇빛이 눈동자를 쨍하게 찌를 뿐이다. 고개를 돌려 그 햇빛을 피하는데, 난간 너머로 강을 따라 이어지는 꼭두서니빛 등롱이 보였다.

4

다리를 건너고 사거리를 지나, 검은 숲속을 100미터 넘게 걸었을 즈음 전방에 눈부신 빛이 보였다. 그 빛 속에서 크고 작은 사람 모습이 어슴푸레하게 흔들리고 있었다. 맨 끝에 따라가고 있었는데도, 아유무는 누가 떠밀기라도 하듯 그 햇빛 속으로 들어섰다. 순식간에 눈꺼풀 속까지 노란 빛으로 가득 차고 현기증이 인다. 그 노란 현기증 속에서 천천히 눈꺼풀을 들어 올리자, 사람 모습은 이미 상을 맺고 있었다.

숲속을 개간해서 만든 교실 하나 정도 되는 공간에는

남자 몇 명이 있었다. 그 남자들도 역시 도료로 더러워진 위아래가 붙은 작업복을 입고, 발에는 바닥이 고무로 된 작업화를 신고 있었다. 흰 수건을 머리에 감고 있는 사람도 있다. 자세히 보니 가슴께에는 '목단회'라는 금색 자수가 들어 있다. 그 남자들 속에 아키라와 미노루의 모습도 보였다. 아키라의 왼쪽 눈꺼풀은 보라색으로 부어오르고 입술 끝에는 핏자국이 번져 있었다.

부지 끝에는 녹슨 함석집이 있고 그 옆에는 주철로 된 수동식 펌프가 있다. 펌프 밑에 놓인 알루미늄 양동이에는 물이 그득하게 고여 있다. 어딘지 모르게 그 구관 앞마당과 비슷했다. 그리고 아유무의 눈길을 끈 것은 풀밭 위에 놓은 커다란 형광색 구체였다. 직경이 60센티미터나 되는 공인데, 햇빛을 받아 속에서 빛을 내뿜는 것처럼 광채를 띠고 있다. 그 공에는 머리를 빡빡 민 남자가 올라타듯이 앉아 있었다. 그 사람만 작업복 차림이 아니라 검정색 러닝셔츠에 폭이 넓은 누런 마색 바지를 입고 있다.

옆에서 창백한 얼굴로 서 있는 후지마에게 작은 소리로 그들이 누구인지 물어본다. 여기까지 데리고 온 남자는 요코이(横井), 공에 올라탄 남자는 니무라(仁村)라고 하는데, 제3중학교 선배라고 한다. 그리고 후지마가 전혀 모르는 사람도 섞여 있다고 한다. 아마 전부 우리 학교 졸업생이겠지, 후지마는 가끔 손톱을 물어뜯으면서 중얼중얼 혼잣말처럼 말했다. 후지마는 특히 니무라를 두려워했다. 당시 3학년의 중심인물로, 듣고 보니 회전판도 저승님도 아키라가 만들어낸 것이 아니라 니무라가 자주 했던 게임이었다고 한다.

니무라가 공에서 일어나더니 이쪽으로 걸어온다. 아유무와 아이들의 눈앞에서 놋쇠 지포라이터로 필터 부분이 갈색인 담배에 불을 붙인다. 키는 그다지 크지 않지만 보기에도 근육질에 피부는 까무잡잡하고 이목구비가 뚜렷하며 눈빛은 날카롭다. 러닝셔츠 밖으로 드러난 울룩불룩한 위팔에는 산스크리트 문자와 불상 문신이 있었다. 지금까지 전학을 다녔던 어느 학교에서도 자신이 관계를 맺지 않았던 부류의 사람이었다. 위팔의 여래 불상 그림은 꼬불꼬불한 부처님 머리에 보관을 쓰고 가사를 걸치고 연꽃 위에 정좌를 하고 있다. 그 여래는 니무라가 본 저승님이 아닐까 하고 멋대로 상상했다.

"지금부터 너희 중 한 명이 마스턴이 될 거다. 너희는 제3중학교 마지막 졸업생이다. 반드시 마스턴이 되어줘야겠어."

다른 남자들이 함석집에서 차례차례 농기구를 가지고 나온다. 대부분의 농기구가 헛간에서 본 것과 같아서, 엄마한테 물어서 그 명칭과 용도를 알고 있었다. 작물을 캘 때 사용하는 예리한 세 날 쟁기, 농작물을 두드려 탈곡할 때 사용하는 도리깨, 김을 맬 때 사용하는 갈퀴호미, 작은 무쇠 손삽, 둥글게 말린 마끈 같은 것들이었다. 그리고 드르륵 소리를 내며 다른 남자가 잔디깎이처럼 생긴 것을 끌고 온다. 그것은 예초기라고 하는 농기구인데 회전하는 쇠갈퀴가 여러 개 달려 있고 진흙 속의 잡초를 없앨 때 사용한다. 쇠갈퀴에는 벌겋게 녹이 슬었고, 햇살 속에 둔탁한 납색을 띠고 있었다. 그리고 마지막으로 풀밭 한가운데 형광색 공이 놓인다. 그들이 무엇을 하려고 하는지 전혀 알 수 없었다. 옆에 있는 후지마에게 마스턴이 뭐냐고 묻는다. 그 말을 들은 요코이가 다가왔다.

"야, 위대한 에가와 마스턴(일본의 유명한 곡예사로, 공 위에서 발로 공을 굴리는 곡예의 달인-옮긴이) 선생님을 모른다고? 무식한 놈일세."

요코이는 아키라와 미노루도 불러 모아, 둥글게 원을 그리며 앉혔다. 그 원 가운데에 작은 나무 상자를 놓는다. 그 덴구의 그림이 있는 오동나무 상자였다. 참새잡기를 해서 누가 마스턴이 될지 정하라는 것이다. 평소대로 아키라가 선을 쥔다. 입술 끝이 자주색으로 변한 아키라는 멍한 표정으로 검은 패를 돌린다. 아키라는 이 상황에서 이렇게나 보는 사람이 많은 데서 약지를 사용할까? 하지만 아유무는 또다시 그의 속임수를 놓쳤다. 그것은 눈부신 햇빛 때문이기도 했고, 이마에 흐르는 땀 때문이기도 했고, 맹렬한 더위가 초래한 현기증 때문이기도 했다.

첫 번째 패를 뒤집자 물 위에 핀 연꽃이 나타났고 숨이 멎었다. 아키라가 약지를 사용한 게 아니라면 그것은 완전히 감과 운으로 승패가 결정되는 참새잡기였다. 이 참새잡기에서 망통이 되면 농기구와 공을 사용하는 게임을, 아마도 저승님 못지않게 위험한 게임을 강요받을 것이다. 마침내 자신이 놓인 상황을 이해하고, 갑자기 심장이 경종을 울려대기 시작한다. 차가운 진땀이 물처럼 양 볼에서 떨어진다. 첫 번째 패에 연꽃 피가 나온 것은 절망적이지만 두 번째 패에 좋은 조합이 나올 가능성도 남아 있다. 노란 햇빛에 정수리가 뜨거워지는 것을 느끼면서, 남아 있는 검은 패를 위로 뒤집었다. 아래로 드리워진 덩굴에 보라색 꽃잎이었다. 푸른 등나무 피가 나와 망통이 되었다.

"너희 셋이 한 번 더 참새잡기를 해야겠다."

요코이의 목소리에 고개를 든다. 옆과 맞은편을 보니, 아키라와 미노루의 패도 13이 넘었다. 후지마와 곤노와 우치다가 빠지고, 셋이 다시 참새잡기를 한다. 아유무는 이제 불길한 상상밖에 떠오르지 않는다. 자신이 이 참새잡기에 이길 수 있는 요소는 아무것도 없다. 대대로 물려받은 화투를 이용한 게임에서 감과 운으로 승패가 결정된다면, 아키라의 약지 없이 외지 사람인 자신이 이길 수 있을 리 없는 것이다. 그래서 두 판째의 결과는 의외였다. 아유무와 아키라는 일찌감치 홍단과 청단 조합을 만들었고,

미노루는 연꽃에 억새 피가 나와 망통이 되었다. 얼른 옆에 앉아 있는 아키라의 옆얼굴을 보았다. 눈꺼풀이 자주색으로 부어 표정을 알 수 없었다.

남자들이 환호를 한다. 미노루가 특별히 뽑혔네 하며, 누군가가 떠들어댄다. 참새잡기가 끝나자, 아키라는 다시 남자들 무리 속으로 되돌아갔다. 아유무와 다른 아이들은 남자들 맞은편의 풀밭에 서게 되었다. 요코이가 미노루를 일으켜 세우더니 마끈으로 손을 뒤로 묶는다. 다른 남자가 풀밭 가운데에 형광색 공을 놓는다. 니무라는 쟁기를 땅에 꽂고서 그 긴 손잡이를 쥐고, 아유무 옆에 서 있었다. 손잡이를 쥐자, 위팔의 여래가 솟은 근육 때문에 일그러져 보였다. 그때 니무라가 아유무를 내려다보며 물었다.

"너는 전학생이라며."

아유무는 목소리가 나오지 않아, 땀을 흘리면서 그저 몇 번쯤 고개를 끄덕였다. 그러고 나서 주머니에 손을 집어넣고, 엄마한테 받은 용돈 3,000엔이 든 지갑을 움켜쥐었다.

"저기, 우리 집은 그렇게 부자가 아닌데요……."

그 말을 듣더니, 니무라는 기세 좋게 담배 연기를 내뿜으며 큰 소리로 웃었다. 아유무도 자신이 엉뚱한 소리를 하고 있다는 것을 알고 있었다. 니무라는 다시 담배를 한 모금 빨고, 이번에는 천천히 그 연기를 토한 후에 말했다.

"가뭄도 수해도 해충해도 없어. 더 이상 기아가 발생하지 않아. 경작 면적을 줄인다고 해도 보조금이 나오지. 그러면 농민들은 다음에 뭘 요구할 것 같으냐?"

"네?"

"흰쌀과 오락을 달라고 하겠지."

니무라는 담배를 땅바닥에 던진 후, 쟁기를 들고 풀밭 가운데로 걸어갔다. 포크같이 생긴 세 날의 측면으로 미노루의 엉덩이를 두드린다. 손이 뒤로 묶인 미노루는 노인처럼 허리를 구부린 상태로, 평소처럼 어색하게 웃었다. 그러자 날 끝으로 미노루의 살집이 좋은 엉덩이를 찌른다. 미노루의 웃음에 고통스러운 기색이 섞인다. 미노루는 노인 같은 자세를 한 채로, 풀밭을 뛰어가 공에 올라탄다. 1초도 되지 않아 공은 앞으로 세차게 굴러가고, 미노루의 몸은 땅에 세게 부딪힌다. 웅크린 미노루를 니무라가 쟁기로 쿡쿡 찔러 일으킨다. 고개를 든 미노루의 얼굴에서 이미 어색한 웃음은 사라져 있다.

그것은 예전에 제3중학교에서 했던 '서커스'라는 게임이었다. 작은 목소리로 묻는 아유무에게 역시 작은 소리로 후지마가 대답을 해주었다. 공연자는 손이 뒤로 묶인 상태로 공에 올라타서 오른쪽으로 3미터, 왼쪽으로 3미터 이동한 후에 세 번 돌고 나서 '××마스턴'이라고 마스턴 앞에 자기 이름을 넣어 외친다. 그러나 손이 뒤로 묶인 상태로 공에 올라타서 균형을 잡기는 어렵다. 무엇보다 넘어졌을 때에 낙법을 쓸 수 없다. 실제로 이 공굴리기 곡예를 끝까지 성공한 사람은 없었다. 처음에는 담력 테스트처럼 시작한 게임이었는데, 점점 폭력의 일환으로 이용되기 시작했다.

"선배들이 나중에는 서커스를 구관 앞 콘크리트 위에서 시켰어. 그때는 끔찍했어. 코피 때문에 주변이 온통 피투성이가 됐으니까."

"미노루가?"

"아니, 아키라가. 그 녀석은 1학년 때 상급생들한테 괴롭힘을 당했어."

"너네 중학교에서는 예전부터 줄곧 그런 일이 있었어?"

그러자 후지마는 당황했는지 얼굴을 붉혔다.

"몰라! 내가 아는 건 니무라 선배 기수까지고, 그보다 앞 기수가 뭘 했는지는 나도 모르지!"

폭력을 말리는 사람은 아무도 없었다. 아유무와 아이들이 도저히 신체적으로 감당할 수 있는 상대가 아니었다. 자신들은 여섯 명이고 상대는 일곱 명이었다. 하지만 어쩌면 모두 힘을 합쳐서 도망치는 것은 가능할지도 모른다. 아키라가 원 가운데에 들어가고 아유무가 도와서 미노루를 구출한 후, 모두 힘을 합쳐 산에서 도망치는 거다. 만일 그럴 수 있다면 이 사건은 열다섯 살짜리 소년의 어느 여름날의 모험으로 아유무의 기억에 새겨질지도 모른다. 그러나 아키라는 맞은편 풀밭에서 역시 멍한 표정으로 우두커니 서 있기만 했다. 후지마와 곤노에게 제재를 가했던 그의 정의감은 거짓이었던 걸까. 회전판이나 저승님을 하며 신나 했던 그의 광기는 거짓이었던 걸까.

니무라가 잿기로 다시 미노루의 엉덩이를 찌른다. 미노루는 노인 자세로 도움닫기를 한 끝에 공 위로 올라탄다. 그리고 넘어진다. 환호와 조소. 몇 번째 시도에서인가 미노루의 콧구멍에서 많은 피가 흘러 나왔다. 아마 2년 전과 마찬가지로 땅바닥이 검붉게 얼룩져갈 것이다. 그러나 그들은 특별히 신경 쓰지도 않고 계속 곡예를 강요한다. 관객 한 명이 욕을 한다. 관객 한 명이 놀려댄다. 미노루의 얼굴은 흙과 피와 눈물로 얼룩지고 적갈색으로 물들어간다. 오열하면서 고개를 좌우로 흔들며 공 타기를 거부하자, 니무라는 호통을 치며 손삽의 뒷면으로 양쪽 뺨을 때린다. 부드러운 볼살이 튀는 소리가 퍽퍽하고 주위에 울린다. 한심하기는, 네가 이러고도 전통 있는 제3중학교 3학년이냐. 다시 공으로 도약하지만 아예 공까지 닿지도 못하고 땅바닥에 엎어진다. 니무라가 미노루의 목덜미를 잡아 일으키고, 다시 손삽으로 뺨을 때린다. 삽으로 맞은 곳만 진흙이 말끔히 떨어져서, 그런 화장을 한 것처럼 보인다.

이게 대체 무슨 상황일까. 아무리 시골 마을이라고 해도, 시내에 나가면 노래방도 있고 오락실도 있다. 왜 한여름 산 속에서, 후배에게 곡예를 강요하는 것일까. 방학식 때 들었던 '꿈의 싹'이라는 말이 떠오른다. 꿈의 싹이 무럭무럭 자라서 초록 잎이 우거지고 무겁도록 많은 폭력의 열매를 맺고 있다. 그러나 아유무에게는 이미 눈앞의 광경이 폭력으로도 보이지 않는다. 노란 현기증 속에서 그저 잘 모르는 사람들이 우글거리며 알 수 없는 게임에 열광하고, 주위가 피로 얼룩져간다. 자신은 이 지방에서도 상황에 익숙해지고, 학급에 잘 어울리고, 작은 무리에 낄 수 있었다. 부회장도 맡았다. 그런데도 왜 이런 이해할 수 없는 곳에 오고 만 것일까.

요코이는 원목 막대기로 제 손바닥을 두드리면서, 아유무와 아이들의 주위를 돌고 있었다. 그 막대기는 끝이 편편하게 되어 있어서 아마 도끼나 망치의 손잡이일 텐데, 좌선할 때 사용하는 죽비처럼 보이기도 했다. 작열하는 햇빛은 아유무와 아이들 바로 정면에서 내리쬐어 정수리와 얼굴을 태운다. 땀이 이마와 볼을 타고 내려 턱 밑에서 방울져 떨어진다. 옆에서 비틀거리던 우치다가 땅바닥으로 털썩 쓰러졌다. 그러자 요코이가 기다렸다는 듯이 다가와서 양동이의 물을 끼얹는다. 우치다는 온몸을 꿈틀하고 떨더니 의식을 회복한다. 요코이가 목덜미를 잡고 다시 억지로 바로 서게 한다. 아직 눈동자에 초점이 맞지 않는 우치다의 뺨을 막대기로 때린다. 풀밭 한가운데에서는 미노루의 곡예가 계속되고 둔탁한 소리와 낮은 신음소리가 울린다. 그 광경을 보고 후지마가 고개를 돌리자, 요코이가 막대기로 뺨을 때린다. 곤노는 등을 돌리고 풀밭에 위액을 토하다가 역시 후지이한테 맞는다.

"한심하기는, 너희는 관객이니까 고개 돌리지 말고 제대로 봐야 해."

그리고 마지막으로 후지이가 아유무 곁으로 다가왔다.

"되게 신나지?"

"네?"

즉시 뺨을 맞았고 살을 때리는 가벼운 소리가 뇌리에 울린다. 아스라이 달콤한 고통이 볼에 천천히 퍼진다.

"엄청 신나지?"

"네."

"하하하, 도시에서 와서 그런가 배짱이 있는데."

그렇게 웃다가 요코이는 뭔가를 봤는지, 아유무의 왼쪽 손목으로 시선을 떨어뜨렸다.

"좋은 걸 하고 있구나."

요코이의 말에 아유무는 자신의 왼쪽 손목을 본다. 거기에서는 쿼츠 손목시계에서 째깍거리는 소리를 내며 시곗바늘이 움직이고 있었다.

"그거 이리 내."

요코이는 대답을 기다리지도 않고 손목시계를 풀기 시작했다. 아유무는 가죽 밴드를 잡아 빼는 것을 가만히 보고 있었다. 요코이는 손목시계를 자신의 왼쪽 손목에 감더니, 문자판을 보면서 시계 참 좋네 하고 중얼거리고는 멀어져갔다. 아유무의 왼쪽 손목 피부에는 시계판 모양으로 눌린 일그러진 분홍색 흔적이 남아 있었다. 그 분홍색 흔적에서 고개를 들자, 평지의 한편에서 햇빛을 받고 있는 농기구 더미가 눈에 들어왔다. 농기구 중에는 목메도 있었다. 자신이 선 위치에서는 보이지 않지만 그 목메 뒷면의 나무껍질에 '풍요로운 침묵'이라는 손으로 새긴 문구가 적혀 있을 것만 같은 느낌이 들었다.

미노루의 양쪽 눈은 테니스공만큼 부어올랐고 이미 얼굴 모양이 변해 있었다. 그 자줏빛 부은 눈꺼풀에서 끊임없이 피가 배어 나오고 있다. 콧대도 두 배로 부었고 콧구멍에서도 피가 끝도 없이 흐르는데, 미노루는 붉은 눈물을 흘리고 붉은 침을 토하면서 부은 입을 우물거리며 어렵게 말했다. 아파, 너무 아파서, 더 이상은 못해요, 그만 봐주세요, 하며 간청한다. 그 말 중간에 퍽퍽하며 살을 때리는 소리가 울린다. 그러자 미노루는 기절하며 땅바닥에 주저앉았다. 흰자위를 드러내며 거품을 물고 경련하더니 낮게 코를 골기 시작했다. 바지 사타구니 주변이 젖어 얼룩이 생겼다. 관객들한테서 차례로 야유가 날아온다. 안 일어나? 공연을 해야지. 더럽게, 오줌을 쌌어. 양동이 가져와. 양동이 물을 부어. 관객 한 명이 미노루의 몸에 양동이 물을 끼얹는다. 그러자 미노루는 정신이 돌아와서 창백한 얼굴을 들어올린다. 부어오른 눈꺼풀 안쪽의 흰자위 속에서 눈동자가 부자연스럽게 위아래로 움직인다. 니무라가 목덜미를 잡고 그 얼굴을 억지로 들어올린다. 마스턴, 마스턴, 관중한테서 갈채가 인다. 미노루는 다시 공으로 달려가지만, 공하고는 전혀 상관없는 곳에서 발이 꼬여 넘어진다. 무엇인지 하얗고 작은 알맹이가 햇살 속에서 포물선을 그리며 날아간다. 풀밭에 떨어진 피에 젖은 하얀 알맹이는 분명 충치 하나 없는 미노루의 앞니였다. 미노루는 더 이상 일어서지 못했다. 그러나 니무라가 미노루의 목덜미를 쥐고 끌어 일으키고 손삽으로 뺨을 때린다. 넌 미노루 마스턴이 되고 싶지 않냐? 목메로 맞으면 정신 차릴래? 서커스가 싫으면 도리깨도 있으니까 '탈곡놀이'를 하면서 땀을 흘려도 되고, '제초기'로 산을 넘어서 교내 신기록을 노려봐도 되고, '예초기'가 있으니까 고기 자르는 놀이를 해도 좋겠지, 그러자 관객으로부터 닭 울음소리 같은 조소가 터지면서 갑자기 살기가 느껴지기 시작한다.

그들은 살인할 생각은 없다. 그러나 살인하고 말지도 모른다. 죽일 마음 없이 사람을 괴롭히고 죽여버릴지도 모른다.

그때, 미노루의 두 팔을 묶고 있던 마끈이 풀리며 스르륵 풀밭으로 떨어졌다. 니무라가 몸을 숙여 그 끈을 집으려고 하다가, 무슨 이유인지 끈을 잡지 못하고 그대로 웅크린 채 예배라도 하는 것처럼 이마를 땅바닥에 댔다. 아유무는 눈을 가늘게 떠보지만, 니무라가 미노루에 가려서 잘 보이지 않는다. 그리고 아유무의 눈길을 끈 것은 풀밭 너머에서 일련의 광경을 보고 있는 아키라였다. 아키라의 얼굴을 보고 깜짝 놀랐다. 두 눈을 크게 뜨고 볼살을 떨며 입을 크게 벌린 채 흰 이를 드러내고 있다. 아유무가 아는 아키라의 얼굴이 아니었다. 그것은 열다섯 살 소년의 얼굴이 아니라, 울음을 터뜨리기 직전의 어린아이 얼굴이었다. 다음 순간, 아키라는 떡 벌린 입으로 새소리 같은 비명을 지르며 갑자기 아유무 쪽으로 돌진했다. 무슨 상황인지 파악할 새도 없이, 아유무는 아키라한테 어깨를 부딪혀서 그 자리에 엉덩방아를 찧었다. 돌아보니, 숲의 출구를 향해서 멀어져가는 아키라의 자그마한 뒷모습이 보였다.

땅바닥에 주저앉아 미노루와 니무라를 보고서야, 마침내 무슨 일이 일어났는지 알 수 있었다. 니무라의 마색 바지에는 페인트와는 다른 얼룩이, 선명한 붉은 피색이 번지고 있었다. 그리고 목덜미에서는 엄청난 선혈이 솟아나고 있었다. 미노루의 바지 주머니가 부자연스럽게 뒤집혀 있었다. 그리고 미노루의 오른손에서 은색 빛이 번득였다. 무슨 칼 같은 것을 손에 들고 있다. 그러나 그 훔친 칼은 분명히 내 방 서랍 속에 그대로 있다.

피투성이가 된 사람과 피투성이가 된 칼을 보고 관중석에서는 술렁임이 일었다. 진흙과 피와 눈물로 얼룩진 검붉기도 하고 창백하기도 한 얼굴로, 그 양쪽 볼에 한 줄기 가로줄이 생긴 채, 미노루는 굵게 포효를 하면서 마구잡이로 칼을 휘두르고 있다. 칼에서 피가 튀고 노란 공에 떨어진 검은 피가 천천히 표면을 흘러내린다. 피가 오두막까지 튀어, 녹슨 함석벽에 검은 반점을 뚝뚝 남긴다. 괴물이다, 한 남자가 외쳤다. 미쳤나 봐, 다른 한 명이 외쳤다. 분명히 그 모습은 사람으로 보이지 않았다. 미노루의 모습을 한, 사람이 아닌 존재로밖에 보이지 않았다. 그리고 요코이가 신음 같은 소리를 지르며 뒷걸음질 친다. 신이 내려왔다, 저승님, 저승님이 오셨다!

남자들은 모두 미노루로부터 거리를 벌리듯이, 숲 끝으

로 물러섰다. 뒤를 보니 후지마와 다른 아이들도 숲 가장자리에 몰려 있다. 니무라는 목덜미에 손을 대고 무릎을 꿇은 채로 움직이지 않는다. 미노루는 엉거주춤한 채로, 이리저리 주위를 둘러보고 있다. 양 눈꺼풀이 부어서 주변이 거의 보이지 않는 모양이다. 아유무도 일단 거리를 벌리려고 땅에 손을 짚으며 일어서려고 하는데, 풀을 밟는 발소리가 갑자기 가까워지나 싶더니 갑자기 강한 힘에 뒤쪽으로 밀려 쓰러졌다. 드러누운 상태로 눈꺼풀을 뜨니, 미노루와 짙푸른 하늘이 보였다. 말을 탄 것처럼 올라타고 은색 원반을 허공에 쳐들고 있다. 고기를 자를 때 사용하는 원반 모양 칼이었다. 반원에 고무가 씌워져 있는데 그 부분이 손잡이였다.

처음 내려찍었을 때는 아유무와 전혀 상관없는 곳에서 허공을 가른 후에 잡초를 베었다. 역시 미노루는 주변이 보이지 않는구나. 다음에 내리찍었을 때 아유무는 겨우 한 팔로 막았다. 미노루의 팔과 아유무의 팔이 서로 부딪치고, 그 살과 뼈가 부딪치며 내는 소리를 들었을 때 모든 것이 이해가 되었다. 미노루는 아키라를 죽이려고 한다.

동시에 지금까지의 몇 가지 의문이 실타래가 풀리듯 풀려 간다. 생각해보면 이유 없이 두개골이 깨지고, 가짜 상황이었지만 황산을 뒤집어쓰고, 줄넘기로 목이 졸렸는데, 그런 상대방을 미워하지 않을 리 없다. 미노루는 화투의 부정행위를 알아차리고 있었을 것이다. 그날 급식 사건은 미노루가 소심한 복수로 후지마한테 설사약이라도 넣은 걸 거다. 아키라가 갑작스럽게 도망간 의미도 이해가 되었다. 아키라는 미노루의 복수가 두려워서 어린애처럼 소리 내어 울며 도망쳤다. 그는 학급의 리더가 아니라 그저 겁쟁이 왕따였던 것이다.

코앞에는 피로 얼룩져 둔탁하게 빛나는 원반형 칼날이 있다. 아키라 대신에 죽게 되다니 어이가 없다. 다음 일격은 아유무의 귀 바로 옆에 꽂혔다. 마른 입 안에서 겨우 침을 삼키고, 미노루를 밀어젖히며 외쳤다.

"나는 아키라가 아니야! 아키라는 아까 숲 밖으로 도망쳤다고!"

미노루는 부어오른 눈꺼풀 안쪽의 길쭉한 흰자위 속에서 눈동자를 움직이며 말했다.

"나는 처음부터 네가 제일 열 받았었어!"

다시 원반이 내리꽂히고, 아유무의 손바닥이 깊이 베였다. 아유무는 고통에 몸을 젖혔고, 미노루는 균형을 잃었다. 아유무는 그런 미노루의 복부를 걷어차고 땅바닥에서 빠져나왔다. 몸을 일으키고 땅을 박차고 일어나는데 장딴지 살 속을 뭔가 차가운 것이 지나갔다. 고통은 뒤늦게 찾아왔다.

악하고 신음이 저절로 입속에서 새어나왔다. 아유무는 앞으로 고꾸라지며 몇 걸음 더 가다가 다시 땅바닥에 엎어졌다. 등 뒤를 보니, 미노루 역시 몇 미터 뒤에서 땅바닥에 엎드리고 있다. 아유무는 상반신을 일으켜 고개를 들고는 살려달라고 소리쳤다. 주위를 둘러보니, 모두가 숲의 가장자리로 모여 있었다. 20개 남짓한 촉촉한 눈동자가 그늘에서 가만히 이쪽을 응시하고 있었다. 등 뒤에서는 미노루의 거칠고 낮은 숨소리가 들려온다. 아유무는 겨우 스스로 일어나서 한쪽 다리를 질질 끌면서 그 자리에서 도망쳤다. 그러나 미노루의 숨소리는 자신으로부터 멀어지지 않았다.

한여름의 검고 깊은 숲을 내달렸다. 그것은 산길 쪽이 아니라, 더욱 깊은 숲 속으로 이어지는 짐승이 다니는 길이었다. 땀이 눈에 들어가서 오른손으로 거칠게 눈을 닦는데, 뜨뜻한 것이 끈적하게 늘어났다. 손바닥을 보니 새끼손가락 몇 센티미터 아래의 피부가 빼끔히 찢어져 있고, 흰 뼈가 보일 만큼 상처가 깊었다. 장딴지가 찢어진 왼쪽 다리에 땅을 차고 있는 감각이 없다. 몸의 반쪽에 감각이 없는 듯한 상태로, 헐떡이며 산속을 내달렸다. 등 뒤에서는 짐승의 숨소리와 가지와 잎을 밟아 짓이기는 발소리가 울리고, 아유무가 아무리 달리고 달려도 그 소리는 멀어질 줄 모른다. 왜 자신이 미노루의 표적이 되었는지 이해할 수 없다. 자신은 폭력에 가담하지 않았고, 비웃지도 않았고, 그러기는커녕 남은 콜라까지 주었는데, 왜……

그리고 검붉은 미노루의 얼굴과 검붉은 버들 피가 동시에 뇌리를 스치며 그것들이 겹쳐지고 뒤섞여, 뒤에서 쫓아오는 것은 그 화투패 테두리 밖에서 뻗어온 도깨비의 손과 같은 종류의 것일지도 모른다고, 만일 저 손에 살아 있는 사람이 잡히기라도 한다면…… 아유무는 더는 비명과 오열을 멈출 수 없어서 얼굴 전체가 피와 땀과 눈물과 침으로 엉망진창이 된 채, 새된 소리를 지르며 검은 숲을 내달렸다. 도중에 짐승이 다니는 길을 벗어났지만, 어디를 어떻게 달리고 있는지 짐작도 되지 않는다.

그때 뒤쪽에서 누군가에게 잡혔고, 그 손을 겨우 뿌리쳤지만 균형을 잃고 앞으로 고꾸라졌다. 오른쪽 다리로 버티려고 하는데 땅이 미끄럽게 무너지면서 그 자리에 몸이 가라앉나 싶더니, 시야가 어지럽게 돌다가 한순간 숲이 트이며 눈앞에 짙은 여름 하늘이 펼쳐졌고, 그 직후에 모든 것이 암흑 속에 갇혔다.

시간이 얼마나 지났을까. 의식을 회복했을 때는 깊은 어둠 속에 누워 있었다. 그 어둠 속에서 흐르는 물소리가 들려온다. 물소리는 귓가에서 멈추기도 흐르기도 했다. 볼에 딱딱한 바위의 감촉이 느껴진다. 몸의 반이 흐르는 물속에 담겨 있어 차갑다. 아무래도 강수면의 평평한 바위 위에 쓰러져 있는 것 같다.

눈꺼풀을 들어 올릴 수가 없다. 위 눈꺼풀과 아래 눈꺼풀이 풀로 붙인 것처럼 붙어 있다. 일어나려고 해보지만 살이 찢긴 왼쪽 다리에는 힘이 들어가지 않는다. 오른쪽 다리도 삐었는지 움직이지 않는다. 물소리가 울리는 나락 바닥에서, 벌레처럼 기어 바위 위에서 겨우 몸을 일으킨다. 그러자 바로 구역질이 일어 구토를 했다. 그것이 피인지 위장의 내용물인지는 알 수 없다. 손바닥으로 만져보니 얼굴 전체가 많은 피로 얼룩져 있다. 차가운 몸과 반대로 머리는 불타는 듯이 뜨겁다. 떨어졌을 때 두개골이 깨진 것 같다.

유일하게 부상을 당하지 않은 왼손으로, 들러붙은 눈꺼풀을 젖히고 바깥을 보려고 한다. 속눈썹과 뭉친 피 너머로 보이는 좁은 시야 속에 강가의 광경이 비친다. 상류의 어둠 전체가 핏빛으로 물들어 있었다. 활활 타는 불길 주위에서, 여러 사람들의 형태가 꿈틀대고 있다. 불길 뒤의 꼭두서니빛 호안벽에는 꿈틀거리는 사람의 모습이 비쳐, 커졌다 줄어들었다를 반복하고 있었다. 그 그림자는 때로는 왜곡되어 한순간에 몇 미터나 확대된다. 벽면의 그림자가 더 활발하게 움직여서 그것이 진짜고 실제 사람 모습이 그림자인 것처럼 보였다.

머리를 다쳐서 그런지 소리는 들리지 않는다. 흐르는 물소리만이 이상하리만큼 선명하게 귓가에서 들려온다. 그 흐르는 물소리의 한참 더 뒤쪽에서, 끊어질 듯 끊어질 듯, 그러나 확실한 소리로 뭔가가 연주되고 있다. 챙챙……그 음색을 들으면서 다시 속에서 구역질이 치밀어 구토를 했다.

불길과 강 주위에 거대한 지푸라기 인형 세 개가 놓여 있었다. 사람 모습 하나가 지푸라기 인형의 머리로 횃불을 치켜 올린다.

지푸라기 인형의 머리가 활활 타오르고, 무수히 많은 불똥이 깊은 산의 어둠 속으로 빨려 들어간다. 그것은 분명 풍습이었다. 그러나 유등놀이가 아니라 세 사람 중 첫 번째 사람을 먼저 태워 죽이고 있는 것으로밖에 보이지 않는다.

| 옮긴이의 말 |

작은 세상이 보여주는 것

학교 내 괴롭힘과 따돌림에 관한 뉴스가 연일 TV와 신문에 나오고, 그것을 보면서 안타까워하고 분노하는 나 자신을 발견한다. 그런 가운데 이 소설을 만났다. 처음 읽었을 때는 청소년들 간의 괴롭힘과 따돌림을 주제로 그를 치유하고 극복하며 성장하는 등장인물에 관한 이야기일 거라고 지레짐작했다. 그러나 연속되는 사건과 공포스러운 결말로 가는 과정에서, 읽어 내려갈수록 하나하나의 사건을 방관하고 있는 '아유무'의 모습에 내 모습이 겹쳐지며 나 자신에게 시선이 돌려졌다. 안타까워하고 분노하지만 아무것도 하지 않는 내 모습, 악을 행하지 않았으므로 잘못이 없다고 안도하는 내 모습과 마주하게 되었다. 그래서 마지막에 '미노루'가 한 말, 네가 제일 열 받았었다는 말은 상처받은 누군가가 내게 하는 비난처럼 들린다.

학교 내 폭력만이 아니다. 어른의 세계에서도 직장 내 괴롭힘을 비롯해 다양한 장면에서 권력 관계에 의한 폭력이 일어나고 피해자가 발생한다. 가해자와 피해자가 있고, 그 뒤에는 침묵하는 수많은 방관자가 있다.

인간은 사회적 동물이라 이미 만들어진 사회 속에서 나고 자라, 크고 작은 사회를 만들고 그 안에 속하며 살아간다. 폭력 상황뿐 아니라 모든 사회생활에는 리더와 추종자와 많은 방관자가 존재한다.

이 책에서 배경이 된 산골 마을은 그러한 세상의 축소판 같다. 익명성이 보장되는 대도시와 달리 작은 마을의 작은 학급에서는 응축된 구도가 명확히 드러나며, 이 작은 사회에서 서로의 역할이 잘 보인다. 이 응축된 구도 안에서 나의 위치가 어디에 속하는지, 어디에 속하고 싶은지, 어디에 속해야 하는지가 분명해진다.

지금은 가해자인, 그러나 한때는 피해자였던 우리들의 일그러진 영웅이 나약하게 무너지는 걸 보며 진정한 힘과 용기가 무엇인지도 생각하게 된다.

학교 내의 힘의 관계, 더 큰 힘을 가진 외부의 존재, 대물림되는 인습, 제도 속의 금기, 이러한 많은 주제를 다루며 지금 내가 서 있는 곳이 어디인지 다시 한 번 생각해 보고 바른 곳에 서 있는지를 돌아보게 하는 작품이었다.

논어에 '군자성인지미, 부성인지악, 소인반시(君子成人之美, 不成人之惡, 小人反是)'라는 글이 있다. 군자는 남의 아름다움을 이루어주고 남의 악함은 이루어주지 않는다, 소인은 그 반대다라는 뜻이다. 악한 일인지 알고도 반대하지 않았다면 그것은 그 일을 도운 것과 다름없다는 말이다.

이 소설을 읽은 독자들이 옳음과 그름에 대해서, 사회의 힘의 구도에 대해서, 행동자와 방관자에 대해 한 번쯤 생각해볼 계기를 만들어줄 것으로 생각한다.

원문에서는 등장인물이 지역의 방언을 사용함으로써 지역색과 낯섦을 효과적으로 표현했으나 번역문에서는 방언을 굳이 사용하지 않았다. '사투리 억양이 있다' 정도로 처리하여 특정 지역의 방언으로 번역할 때 생길 수 있는 의도치 않은 효과를 억제하려 했다. 아이들이 하는 위험한 놀이도 원래부터 있던 고유명사가 아니므로 원어의 발음을 살리기보다는 우리말로 이해할 수 있는 어휘로 번역했다. 끝으로 이 책이 나오기까지 애써주신 편집진에게 감사드린다.

2019년 5월

손정임

배웅불

초판 1쇄 2019년 5월 3일

지은이 | 다카하시 히로키
옮긴이 | 손정임
펴낸이 | 송영석

주간 | 이진숙 · 이혜진
기획편집 | 박신애 · 정다움 · 김단비 · 심슬기
외서기획편집 | 정혜경
디자인 | 박윤정 · 김현철
마케팅 | 이종우 · 김유종 · 한승민
관리 | 송우석 · 황규성 · 전지연 · 채경민

펴낸곳 | (株)해냄출판사
등록번호 | 제10-229호
등록일자 | 1988년 5월 11일(설립일자 | 1983년 6월 24일)

04042 서울시 마포구 잔다리로 30 해냄빌딩 5 · 6층
대표전화 | 326-1600 **팩스** | 326-1624
홈페이지 | www.hainaim.com

ISBN 978-89-6574-688-1

파본은 본사나 구입하신 서점에서 교환하여 드립니다.

이 도서의 국립중앙도서관 출판예정도서목록(CIP)은 서지정보유통지원시스템 홈페이지(http://seoji.nl.go.kr)와 국가자료공동목록시스템(http://www.nl.go.kr/kolisnet)에서 이용하실 수 있습니다.(CIP제어번호: CIP2019015417)